昼も夜も

きたざわ尋子

幻冬舎ルチル文庫

CONTENTS ✦目次✦

昼も夜も

✦カバーデザイン＝清水香苗（CoCo.Design）
✦ブックデザイン＝まるか工房

イラスト・麻々原絵里依✦

昼も夜も

そろそろ暖かくなり始めた風の中を、中原尚都《なかはらなおと》は届いたばかりのバイクに乗って従兄弟《いとこ》の家へと向かっていた。

途中の信号待ちの間に、隣に年式落ちの同じバイクがやってきたので、何気ないふうを装ってちらりと目を向けた。

かなり傷がついている。尚都も相当に荒っぽい乗り方をするほうだという自覚はあったが、さすがに一年近く乗った、前のNSRもここまでカウルを傷だらけにはしなかった。これは峠あたりで遊んでいる口だなと、そう思ったとき、隣のライダーが被《かぶ》っているヘルメットが、自分とまったく同じであることに気がついた。

つまり、国際A級ライダー・志賀恭明《しがたかあき》のレプリカヘルメットということだ。となれば、ファンとみて間違いはないだろう。

尚都だって、もちろん志賀のファンだ。

盗むようにじっと眺めていた尚都は、隣のバイクが動き出したのを見て初めて信号が青になったことに気付いた。慌てて追うように走り出したが、前を行く年式落ちは次の信号を右折して消えていった。

一年前の十六の誕生日に取った中型免許と同時に、尚都の家には新車のNSRが届いていた。甘い両親が買ってくれたそのバイクは、今は手を加えられてガレージに眠っている。

尚都はそれから十分ほど走って親戚《しんせき》の家に到着した。開け放しになっている門から玄関までの間は駐車スペースになっているから、尚都は慣れた調子でそこにバイクを止めた。

ヘルメットを抱え、キーを指先でくるくると回しながらインターホンを押すと、中から従兄弟が返事をして、間もなく内から玄関の扉を開けた。

「おう、早かったじゃんか」

見るからに体育会系といった感じのする六つ年上の従兄弟は、そう言って尚都を迎え、わざわざ汚いサンダルを引っかけて前庭に出てきた。

「初乗りが徹《とおる》んちまでだなんて、よく考えたらすっげーつまんねぇの」

尚都は今さら気付いたといったようにぼやいてみせる。

「見せに行くから家にいろっつったのは、お前だろ。どれどれ、新しい恋人は絶好調か」

「当然」

胸を張って、尚都は新しい恋人に手をついた。

「当然、じゃねぇよ。まったく、叔父さんたちも甘すぎるぞ。前のやつだって、一年も乗ってないんだろうが。そうやって次から次へと、欲しがるもんを片っ端から与えるのもどうかと思うけど、わかっててねだるお前もお前だな」

「いーじゃん。別に誰に迷惑かけてるわけじゃないしさ。それに、あのバイクだってお払い箱にしたわけじゃないいんだし」

ついこの間まで乗っていたバイクは、目の前にある新車の、去年のモデルだった。どうしてもレースがやりたくなってしまった尚都は、乗りまわしていたそれのパーツを取り替えてレース専用に——つまり公道を走れない仕様にしてしまい、代わりに新しい町乗り用のバイクを買ってもらったのである。

バイトをするでもなく、親に借金をしたわけでもない。食費を切り詰めてまでレースをやっている者たちが知ったら、目を剝《む》きそうな贅沢《ぜいたく》さだ。

「お前、絶対にサーキットで親からバイク二台も買ってもらったことは言うなよ。レース資金出してもらってることもだぞ。後ろから刺されるかもしんないからな」

冗談めかす徹に、つまらなさそうに尚都は頷《うなず》いた。

そんな甘やかし放題の叔父夫婦に呆《あき》れながらも、結局は徹もレースの手伝いをしてやることを承知しているのだから、充分に尚都に甘いといえた。

尚都のバイクをレース仕様にしたのは徹なのだ。彼は十代のときにレースに参加していて、マシンも自分でいじっていた。尚都も街乗り用のメンテナンスは自分できちんとやるが、さすがにレース用のほうは自分でやるとは言い出さなかった。他力本願というよりも、それは本当に自信がなかったからだ。

新車をつくづくと眺めてから、徹は思い出したように尚都を振り返った。

「今、美加子《みかこ》が来てるんだ。去年の最終戦のビデオ見てるぞ」

「えーっ、俺も見る！」

ずるい、と叫びながら、尚都は玄関に靴を脱ぎ散らかして家に上がりこんだ。子供の頃から遊びにきていた家だから、今さら遠慮はない。家の中も知り尽くしているから、まっすぐに大画面のテレビがある居間に飛び込んだ。

去年の最終戦のビデオは尚都だって持っているし、何度も繰り返して見た。それでも人が見ていれば、また見たくなるものなのだった。

尚都は、徹の彼女の美加子と並んで、映しだされたレースシーンを真剣に見つめる。ちょうど二五〇ccクラスの決勝が、そろそろ終わろうというあたりだった。

「やった、一番いいとこだ」

独り言に近く尚都が呟《つぶや》き、それに美加子が曖昧《あいまい》な相槌《あいづち》を打った。

話しているそばから、トップを走っていた赤いマシンが、二位につけていた青基調のマシンにかわされていった。青いマシンは、そのままコーナーを立ち上がり、チェッカーフラッグを受けた。

「志賀さんはやっぱ速いよなぁ。さすが元スーパーノービスだよ。しかも、このときのマシンなんてRSなんだぜ。これでNSRに勝っちゃうんだから凄《すご》いよ。今年なんか、二五〇ccクラスのチャンピオン候補筆頭だぞ」

「ワークスマシンもらえたんだもんね。で、チャンピオンを取って、来年か再来年あたりはWGPって感じかな」

美加子は恋人の徹より、話は尚都のほうがあうのだ。二人が二輪ロードレースの話を始めると、徹はそっちのけだ。もちろん彼は興味がないわけでも、知識が足りないわけでもないが、つまりは気力の問題だった。

「あ、そーだ。尚都くん。いいものあげる」

美加子は脇《わき》に押しやられていた鞄《かばん》を引き寄せ、中から本屋の紙袋を取り出してきた。

尚都は袋を開け、驚いて美加子を見た。

「なんで『レーシング・ワールド』……」

出てきたのは、まだ店頭にはないはずのその雑誌だった。発売日は明日のはずだ。

「早く売ってるとこがあるから、お土産《みやげ》と思って。志賀さんが四ページもオールカラーで載ってるからね」

自慢げな美加子の隣で、尚都は歓声を上げながら問題のページを探した。やがてページを繰る指はぴたりと止まり、大きな瞳が食い入るように誌面に向けられる。

尚都の志賀贔屓《びいき》は相当なものだ。なにしろ、レースを始めると言い出したのも、要するに志賀に憧《あこが》れるあまりのことだった。しかもファン歴は恐ろしく長い。徹がレースをやっていた頃、志賀もちょうど同じクラスで活躍していた――ただし、あちらは優勝の常連で、徹はたまに入賞をする程度の成績だったから、ずいぶんと差はあった――のだが、何度か同じレースを走ったことはあった。もう七年も前の話である。小学生だった尚都もよくついていったものだが、その尚都が徹の応援そっちのけで『あの人、カッコいいね』と言っていたのが、当時高校生だった志賀恭明であった。つまり、志賀がプロになるずっと前から、尚都は彼のファンだったのだ。

尚都は一通りインタビュー記事を読み終わると、ふっと息をついて顔を上げ、それから再び誌面に目を落とした。

ロードレース界随一と言われる端整な顔が、そこには載っていた。

「満足？」

「うん。ありがとう」

「よしよし。でもまぁ、相変わらず、どこの芸能人かって顔よね」

男らしいその美貌《びぼう》で、ロードレースの女性ファンを集めに集めている志賀だが、もちろん選手としての実力も充分だから、尚都のようなバイク少年のファンも数多くいた。男のファンは顔になどは興味がないだろうが、どうせならいいに越したことはないだろうと尚都は思っている。そもそも、最初に志賀を見た七年前も、顔の良さに思わず目を持っていかれたといえなくもないのだ。その後で、桁《けた》違いの速さを見せつけて優勝したのがその選手だと知り、すっかりファンになって以来、いまだにその気持ちは冷めないでいる。

二年のブランクも、尚都の熱を冷ますことはなかった。

十七歳でロードレースデビューした志賀は、当時のノービスクラス（後のNB＝国内B

級）で走り始めた途端に、あっという間にバイク雑誌などでも取り上げられるライダーとなって、一年で国際A級に特別昇格できるほどの成績を上げた。にも関《かか》わらず、それから二年、彼はサーキットに姿を現すことはなかったのである。

両親がプロとして走ることに大反対なのだと、当時のバイク雑誌にはちらりと書かれていたが、あまり詳しいことは尚都も知らず、ことロードレースに関してはひどく寂しい二年となった。だから志賀が戻ってきたことを知ったときには、尚都はしばらく浮かれて何も手につかなかったほどだったが、そのときにはすでに志賀は十代ではなかったのだ。

もったいない二年であったことは否めなかった。この二年は大きく、復帰後しばらくはブランクと怪我に泣いたものの、二年目にはようやくすべてが上向きになり、かつてのスーパーノービスの実力を見せつけるまでになった。

今では全日本二五〇ccで誰もが認める活躍をし、プライベーターながらポイントランキング三位を得た。どのバイク雑誌を見ても何らかの記事が載っている、押しも押されぬトップライダーになったのだ。

「……美加さんて、なんで志賀さんのファンじゃないの？」

尚都の表情は真剣だった。しかし、そんなことを真面目《まじめ》に聞かれても困ると言わんばかりに、美加子はソファの徹を振り返る。

「……あたし、特に面食いってわけじゃないのよね」

「おいっ」

彼氏たる徹が、わざと不機嫌な顔をつくった。

世間の基準から見ても、彼はそう悪いランクではないのだが、かといって人から顔がいいと褒められるほどには達していないのが現実だ。一方で美加子はサーキットでパラソルを持っていても不思議ではない容姿の持ち主だった。

「徹って、中原系の顔だよな」

尚都の父親も、徹の父親も、だいたい顔のつくりが徹と同じ血を感じさせるパターンを持っていた。その点、尚都はそちらの血があまり多く出なかったらしく、完全に母親系の顔立ちをしているのだ。

「よかったな。お袋さん似で」

まじまじと、尚都の顔を見てソファから呟けば、即座に美加子が反応をした。

「あたし、尚都くんのお母さんに会ったことないわ。似てるの？　だったら美人なんじゃない？」

「おう。美人だぜ」

「……そうでもないよ」

性別の違いで瓜《うり》二つとはいかなかったが、それなりに母親と共通点の多い顔立ちの尚都であるから、見慣れたこの顔を褒める気には、どうしてもなれなかった。自分はナルシストではないのだと、頭の中で唱えてみても、目の前の二人は勝手に母親の話で盛り上がってしまって帰って来ない。仕方なく、尚都は流れ続けていたレースのビデオに目を戻した。

何度もレース観戦のために行った筑波《つくば》サーキットに、今度、尚都は自分が走るために行く。走行会でならばもちろん走ったことはあるが、レースは初めてだ。

観客席やテレビ画面からは見慣れたコースを、尚都はじっと見つめていた。

「なに、ぼーっとしてるの」

話が終わったらしい美加子が声を掛けると、充分に人目を引く顔がむっとした様子で画面から離れた。

「考えごとしてたんだよ」

「ふーん。今度のレースのこと？」

見事に図星を指された。このあたりが、昔から、思考パターンが読みやすいと言われ続けてきた所以《ゆえん》だろうか。溜《た》め息《いき》をついて、尚都は再びビデオを見やった。そろそろ、次のレースが始まるところである。

「そうそう。あたし、行けることになったのよ。徹から聞いた？」

「あ、まだ言ってねぇや」

顔をしかめる徹を無視し、美加子は続ける。

「ヘルパーやったげる。だから頑張らなきゃ駄目よ」

「……うん」

ほっとした表情で尚都は顎《あご》を引いた。

最初に手伝ってくれと頼んだときには、美加子には同じ日に抜けられない用事が入っていたということだったが、どうやらそちらの調整がうまくいったらしい。もちろん徹は来てくれることになっていたが、ピットクルーが一人では心許《こころもと》ないと感じていた尚都であるから、美加子の言葉は嬉しかった。

友達を呼ぶことも考えたが、できれば今回は彼らを呼びたくはなかったのだ。結果が出るかどうかもしれない初陣だから、というのが最大の理由だった。友達の前で、予選落ちはしたくない。だが徹や美加子になら別に構わないと尚都は思っていた。

要するに見栄《みえ》だ。

とにかく、もうエントリーはすませてしまったのだから、あとはやるしかない。そう尚都は自分に言い聞かせた。

予選は、とりあえず通過することができた。

八十台を超えたエントリーの中から、おおよそ半分が落とされたのだが、尚都は三十一位のタイムを叩き出して予選に通ったのだ。

えらく気合いが入っていたのは、サーキット入りして知った、決勝当日のイベントが原因だ。レースの合間を縫って、ゲストのプロライダーが選手たちにアドバイスやファンサービスをしてくれるそうなのだが、そのゲストというのが尚都の憧れる志賀恭明だった。

奮起するのも無理からぬ話だ。もちろん、それは尚都だけではないだろうが、志賀に対する気合いは誰にも引けは取らないという自信がある。

そして見事に、その気合いはタイムに反映されていた。

「この間の走行会のときより、一秒以上速いじゃやねぇか」

美加子が書き込んだタイムを眺め、徹は感嘆の息を漏らした。

確かに尚都は峠で速いほうだったが、所詮《しょせん》はただの峠小僧だ。サーキット走行に関しては初心者もいいところだった。

志賀恭明の威力は、徹の予想を遥《はる》かに上回っていたのだ。

そうして翌日の決勝は、タイムテーブル通りに行われ、尚都の出場するSP二五〇クラスの決勝スタートはもう間近に迫っていた。

予想外のタイムと予選通過の喜びに、志賀に会えるという期待、そしてレースに対する緊張が一度に押し寄せてきたために、尚都は朝からハイになっていた。浮かれてはしゃいだりしているわけではないのだが、どうも走り方にそれが表れているようだというのが、徹と美加子の共通した意見であった。

「舞い上がってるんじゃねぇよ、お前。落ち着け。な？」

「大丈夫」

スターティング・グリッドについた尚都は、こわばった顔で笑いながらそう言ったが、徹は小さく溜め息をついた。

コースに出たすべての選手がグリッドにつくと、選手紹介が始まった。ポールポジションを獲得した選手の名がアナウンスされると、スタンド席から歓声が上がる。選手へのものかと思って首を巡らせたとき、マイク越しの声がサーキットに響いた。

『予定より遅れましたが、志賀選手が来て下さいました。ポールシッターの佐藤選手には、志賀選手よりチームキャップとTシャツのプレゼントです』

また、スタンドから女の子たちの声が聞こえてきた。少ない観客のわりに盛り上がっているのは、地方レースに国際A級ライダーがいるせいだ。ましてそれが人気の志賀恭明ならば、この騒ぎも当然といえた。

「いいなぁ……」

呟きは、ヘルメットの中にこもって消えていった。

最前列の一番左にマシンを置けることなど、尚都にはまずあり得ないことだと思う。あそこでスタートをしてみたいという気持ちがないではなかったが、今はそれよりも、ああして志賀から物をもらって、言葉を掛けてもらえることのほうが羨《うらや》ましかった。

中断していた選手紹介が始まるには、それから少し時間が要った。三十一人目に尚都が呼ばれ、儀礼的にぱらぱらと起こる乏しい拍手の中、すぐにアナウンスは次のチーム名と選手名を読みあげる。最後の選手が呼ばれるまではあっという間だった。

カウントダウンに従って、クルーの多いチームからは次々と人がグリッドを離れていった。尚都のところはもともと人が少ないから、その必要はなく、徹と美加子はまだ側《そば》にいる。

「怪我《けが》しないようにね」

「あんまり熱くなるなよ」

「だいじょーぶ」

言いながらも、尚都はどこか上の空だった。

不安そうな顔をしつつも、美加子は一分前のボードが提示されたので、グリッドを離れてピットに戻っていった。

どこのチームも、もう選手の他には各一人のメカニックしか残ってはいないが、これも三十秒前にマシンのエンジンが掛かり、所定の位置につき次第、退去する。

すべての選手がウォーミングアップラップに出た頃、徹は美加子の待つピットに戻っていった。

「なんか心配なんだよな……」

「もう始まっちゃったものは仕方ないわよ。あたし、プラットホームに行ってくるわ」

美加子がコースとピットロードの間にあるスペースに着いてすぐ、出場マシンは連なって帰ってきた。サインボードの用意をしながら、尚都の様子を窺《うかが》うと、ヘルメット越しの視線はどうやら第一コーナーではなく、コントロールタワーのほうへと向けられていた。

「ちょっと……尚都くん。それはどうなのよ……」

さすがに呆れて、美加子は溜め息をついた。

志賀を気にしているのだ。思わず怒鳴ってやりたくなったが、ちょうどそのときにオールクリアを示すフラッグが退去し、シグナルが変わった。


十五ラップのレースは、サーキットの全長が二キロほどであることもあり、あっという間に終わってしまった。表彰台を占めた三人はいずれも十六分を切るタイムで、尚都はトップから数えて十八台めにコントロールラインを通過した。

入賞には至らなかったが、結果は上々といってよかった。

ただし結果は、だ。

「尚都……」

パドックに戻ってきた尚都に、徹は溜め息まじりの言葉を掛けたが、ヘルメットを脱いだ当の本人はきょとんとした顔で次の言葉を待っているだけだった。本当に、思い当たる節がないといった様子だ。

しかし、レース内容を思い出せば、徹の胃はきりきりと痛むし、他のチームからの視線も痛い。クレームが来てもおかしくはない、むしろ当然の状況だった。

尚都は無我夢中だったのだ。それは、わかる。初めてのレースで勝手がわからなかったというのもあるだろう。しかし、あまりにも周囲を考えない走りであったのは確かだ。コーナーの突っ込みで何度も接触を起こしかけ、そのうち一度は本当に接触をしてしまった。幸い、尚都のほうが少し遅れを取っただけで相手にはさほどの影響を与えなかったのだが、非がこちらにあったのは明白だ。おまけに、レースの終わった後もまずかった。予想外の順位に舞い上がってしまったのか、ピットロードを走行してくるときにも、危うく接触を起こしそうになったのだ。

「まずいよ、お前。罰則くらうぞ」

徹はマシンを押しながら、隣を歩く尚都に話しかけた。乗ってきたトランスポーターは、少し離れたパドックに駐車してあり、ぞろぞろと同じように選手やマシンが同じ方向へと進んでいた。

「……なんかしたっけ？」

「自覚なしかよ……」

これは始末が悪い。後で、じっくりと教え込んでやらなければ、とても次回のレースには出せないだろう。

トランスポーターにマシンを積み込むと、すぐに徹は尚都を連れて、接触した相手に謝りに行った。接触に関しては尚都もわかっていたし、悪かったとも思っていたが、危ないことをしたという自覚はそれでもまだないらしかった。

「アグレッシブなんだよ。俺」

自分の走りを表して尚都は呟いた。四輪も含めてレースの世界では、攻撃的な走りをそう表現するが、徹の目から客観的に見て、尚都の場合はただ無謀で考えなしなだけであった。

黙って話を聞いていた美加子が、急にぐいぐいと袖《そで》を引っ張ってきた。

「な、尚都くん……っ」

「なんだよ」

美加子の視線を追って、何気なく尚都と徹は後方を振り返った。

振り返ったところで、尚都は硬直した。徹も、硬直とまではいかなかったが、声が出なかった。

こちらを見ながらまっすぐに歩いてくるのは、志賀恭明だった。笑った顔というのはレース中継でも雑誌でもあまりお目にかかったことはないのだが、例に漏れず、今もほとんど無表情に近い顔でそのまま尚都の前で足を止めた。

選手としてはハンデになりそうな長身で間近に立たれると、標準身長の尚都はほとんど見下ろされるような状態になってしまう。まして、表情がない整いすぎた造作《ぞうさく》というのは、言いようのない圧力を与えてしまうものらしい。尚都は知れず、腰がひけそうになっていた。有り体にいえば、びびっていた、のである。

「バカか。お前は」

だしぬけに、志賀は言った。

聞こえてはいたが、尚都はとっさに意味が理解できなかった。ただぼんやり、いい声だなと思った。インタビューのときのマイク越しの声ならば何度も聞いたことはあったが、こうして生の声を聞くのは初めてだったのだ。

ほうけた顔の尚都に構わず、志賀は続けた。

「サーキットはお前一人が走ってるわけじゃないんだ。あんな身勝手な走り方しかできないなら、今すぐにやめろ」

「……え？」

「スタート前にもきょろきょろしてただろう。やる気がないなら走るな。本気でレースに取

り組んでいる選手の邪魔だ」

一方的に言葉を投げて、志賀は踵《きびす》を返した。長身の背中が遠ざかっていくのを、大きな瞳が瞬きを繰り返して茫然《ぼうぜん》と見送っている。

ゆっくりと、思考が動き出した。

「……な……っ」

耳から入った声が、ようやく脳まで達した。カッと頭に血を上らせて、尚都はもう遠くなりつつある背中を睨《にら》みつけた。

「なんだよ、あれはーっ！」

がなり声が、パドックに響き渡った。さすがに追いかけていってまで反論をするほどの度胸も根性もなかったが、この場で怒鳴り散らすくらいには、尚都は腹を立てていたのだ。

初対面で、どうしてあそこまで言われなければならないのだろうかと思う。確かに悪いところはあったかもしれないが、あの男はレースには直接、関係がないはずだ。

それは、小学生のときから抱いていた憧れが、その本人によって打ち砕かれた瞬間だった。

「……言い方はともかく、言ってることは正しいと俺は思うぞ」

熱くなっている尚都の背中に、淡々とした徹の声がぶつかった。

勢いよく振り返り、不満を露《あらわ》にした表情で、尚都は徹の顔を見据える。少しも納得をしていない、という証拠を見せたも同然だった。

甘やかされて育ったせいか、尚都は高校二年生にしては情緒の発育に問題がある。それを自覚していないのは本人だけで、徹は常々、懸念していたのだった。

「お前、真剣味が足りないんだよ。楽しんでレースやるのと、適当にレースやるのは違うんだぜ。何でもそうだけどさ、お前って努力しなくてもそこそこできるんだよな。でも、それだけだろ。ああいうふうに、何か一つのことに打ち込んでる奴から見ると、腹立つかもしんねぇな」

「徹はあっちの味方なのかよ」

「子供のケンカかってぇの。そういうこと言っているようじゃ、まだまだ勝手気ままは直りそうもないな」

徹は溜め息をこぼした。

頭を冷やさせるために、彼はさっさと尚都を見捨てた。美加子も同様の意見だったらしく、自分の正当性を訴えようとしているわがまま小僧を無視してハッチを閉めると、助手席に乗り込んだ。

結局あの後、オフィシャルにも注意を受けた尚都は、最終的にはほぼ全面的に自分の非を認めた。

熱くなっていた頭が冷えると、次に襲ってきたのは激しい後悔であった。考えれば考えるほど自分の非がいよいよ決定的になっていくようで、思い出すたびに尚都はじっとしていられないような息苦しさを覚える。

だが、関係者でもないのに頭ごなしに怒られたことは、相変わらず根に持っていて、行き着いた先はただ単にふて腐れているという状態だった。

どちらにしても、頭の中はあのときのこと——特に志賀のことでいっぱいだ。

一人でいるとずっと考えてしまうから、今日も尚都は徹の家に来ていた。

「やっほー尚都くん。レースやめることにしちゃったんだって?」

徹から聞いたのだろうが、美加子はやけに明るい声で、尚都の肩を叩いてきた。そう明言したのは事実だから、無言で頷くしかない。

ひんしゅくを買った場に、もう一度出ていくほどの根性は持ち合わせていないし、もともと本気でレースに取り組む気は少なかったのだ。レースをやってみようと思った原因たる人物とあんなことになってしまったのだから、もう続ける理由は尚都にはなかった。

「せっかくバイク、レース用にしたのに」

「いいんだ、もう。売って親に金返す」

「すねちゃって」

美加子は乗ってきた車のキーを指でくるくると回しながら、徹を振り返った。

「言っても聞かないからさ」

と、言い訳のように徹は言った。

やめると聞いた当初はさすがに怒っていた徹だったが、翌日には仕方ないなで納得してしまっていた。やりたくないというものを無理にやらせて事故でも起こしたらことだというのだが、つまりは彼も充分に甘いのだった。

「どうしてこの一族は揃《そろ》いも揃ってこんなに甘いのかしら。尚都くんがあたしの弟だったら、甘えてんじゃなーいって、とっくにぶっ飛ばしてるな」

にこにこと笑いながら、美加子は尚都に向き直る。笑顔と軽い口調をつくっているが、本気で呆れ、叱咤《しった》しようとしているのは感じ取れた。

だが尚都は、相変わらずふて腐れて返した。

「俺、弟じゃねーもん」

「へ理屈っていうのよ。そういうの」

据わった目で尚都を見た後、打って変わったにこやかな笑顔で、美加子はバッグの中からひらひらとチケットを取り出した。

「五月の第五戦、付き合ってね。筑波なの。徹が行けなくなっちゃって、他に一緒に行ってくれる人がいないのよ」

「だからって、なんで俺が行かなきゃなんないんだよ」

「徹が行けないのは、休日出勤しなくちゃいけないからよ。誰かさんのレースのために、仕事を休んだからなのよね」

「……はい」

逆らえるはずもなく、尚都は顎を引いた。

何度もあくびを繰り返しながら、尚都は足取りの軽い美加子の後をついて、パドックへ通じる地下通路を歩いていった。

首からぶら下げたパスが風を受けて、その紐《ひも》を捩《ね》じらせてしまうのすら今は鬱陶《うっとう》しく感じる。こうやって簡単にパドックパスが買えるのも、普段はいいが今日の場合は考えものだ。スタンド席で観戦している分には問題ないが、うかつにパドックに入っていったら、会いたくない人物——つまり志賀と顔を合わせてしまう可能性だって高くなる。

はらはらしながら、尚都はパドックへ出る階段を上がった。

「登沢《とざわ》さん、いないかな」

お目当ての選手の名を唱えながら、美加子は一般客が入れるぎりぎりのところまで行き、目をこらしていた。

彼女がご執心なのは、志賀と同じクラスで去年のランキングが二位だった選手だ。実力は志賀と互角と言われているが、得たマシンの差で去年は二人の差がついた。今年、同じ条件で戦う志賀と登沢は、共にチャンピオン候補であり、事実、四戦までの成績は互いに優勝が二回ずつと、まったく先の読めない争いを展開している。ただポイント的には、コンスタントに表彰台に上がっている志賀がわずかにリードしているといった具合だった。

その志賀のことを考えると、とてもこの場に止《とど》まってはいられない。

「ピットの上、行こうよ。一二五、始まってるよ」

尚都の寝坊のおかげで、フリー走行には間に合わなかったのだ。それどころか、すでに最初のカテゴリーである一二五ccクラスの決勝は始まってしまっているから、うかつにいつまでもこんなところでうろうろしていたら、そのうち二五〇ccのライダーたちが来てしまう。志賀に出くわさないという保証はどこにもなかった。

「レース、見よっか」

美加子がすんなりとその場から離れてくれたので、尚都は急いでピット脇の階段を上がっていった。

観戦エリアとして開放されているピットの上は、手すりだけで屋根のない、細長い屋上のようなものだった。ファンが歩き回ったりレースを見たりしている下では、チームクルーたちがそれぞれに働いているのだ。

コース側の手すりのところは、もう割り込めるすきもないほど人でいっぱいだった。まだ第五戦ということで客も少ないのだが、やはり、この場所を確保するにはもう少し早く来ないと無理だ。

仕方なく、尚都たちはパドック側に落ち着くことにした。もっとも、ライダーに強い興味を示す美加子にとっては、雑誌などで見知った顔がうろうろとしているパドックを見ていたほうが楽しいらしく、嬉々《きき》としてパドック中に目を走らせている。

レースはもう、終盤に差しかかっていた。

トップを走るマシンが、二位に五秒以上の差をつけて、最終ラップへ入った。何かアクシデントでもない限り、優勝は決まったも同然だ。

上位陣はそのまま順位を入れ替えることなく、レースは今年の本命と言われている選手のものとなった。ぱらぱらと起きる拍手の中を、スピードを落としてマシンは走り抜けていく。

次に始まるのは、美加子が楽しみにしている二五〇ccのレースだ。

シリーズタイトルを争っているそれぞれの選手のファンがここにいるのだから、本当ならばもっと盛り上がるはずなのだが、尚都は相変わらず過日のことにこだわっているから、今までのように素直に志賀の応援ができなかった。

どうでもいいと、何度も自分に言い聞かせる。志賀が勝とうが、負けようが、知ったことではないのだと、呪文《じゅもん》のように繰り返した。

その隣では、美加子が嬉しげに選手の名前や、もと選手だったチーム監督などの名前を次々と挙げていた。

「目敏《めざと》いなぁ……なんでそんなに見付けるんだよ」

人の行き来の多いパドックの中から、どうしてこんなにも特定の人を見付け出せるのかが尚都には不思議だった。視力に自信のないのは確かだが、それにしても美加子は凄い。

「あ、太刀川《たちかわ》さんだ」

好きなライダーのチームメイトを見付け、美加子はいよいよ期待を露にした。同じクラスに出ている彼が来たということは、もうすぐ登沢も現れるということだ。つまり、志賀も姿を見せるということでもある。

息苦しい気がしてきた。レース直前の、何ともいえない緊張感にそれは似ている。

「ほらほらっ、尚都くん。志賀さん来たよ」

遠い人影を示されて、思わず目をこらした。

レーシングスーツに身を包んだ志賀が、こちらに向かって歩いてくるところだった。

こんな人の多いパドックにあっても、彼の姿というのは周囲から切り取られたように、鮮やかに人の目に飛び込んでくる。長身というのも原因の一つではあるだろうが、何よりも漂う雰囲気というものが独特なのだ。

「……」

「目立つわよねぇ……あっ、登沢さんっ」

感慨にふける間もなく、美加子は好きなライダーのところへと意識を飛ばしてしまった。

モーターホームが離れた場所にあるせいで、そのライダーは自転車に乗って移動をしていたが、志賀を追い越そうというときに急に自転車を止めて、少し話をしてからピットにやってきた。

ぼんやりと、それを眺めている尚都の隣で、ほぼ真下に好きな選手の現れた美加子は色めき立っていた。彼のチームのピットはこの下らしく、先に現れたチームメイトと話す姿を彼女は嬉しそうに見つめている。

志賀のチームは、ここからは少し離れているらしい。

ほっとしたような、がっかりしたような、よくわからない気分で溜め息をつこうとしたときだった。

ふいに、志賀がこちらを見た。

「げ……」

しっかりと目が合ったような、気がした。しかし、すぐに志賀の視線はピットの中へと戻り、そのまま尚都の視界から消えてしまった。

「どうしたの？」

「な、なんでもない……」

慌ててかぶりを振って、尚都は無理に笑った。

よくあることだ。たまたま何かの拍子にこちらに目がきて、それが遠かったから目が合ったように錯覚しただけだ。

嫌だ嫌だと思っているから、そういうふうに思ってしまったのだ。尚都はそう自身に言い聞かせた。

早鐘を打つ心臓を必死になだめながら、この動揺が美加子に知られはしないかと、盗むような視線を彼女に向けた。

相変わらず、美加子は下を見ながら楽しそうにしている。

こっそりと尚都は溜め息をついた。


サイティング・ラップに出た全車が予選の順位通りにグリッドにつくと、間もなくして選手紹介が始まった。

チーム名と選手の名前が呼び上げられると、スタンド席から拍手と歓声、そしてチアホーンの音が鳴り響く。このあたりは、客が少ないとはいえやはり全日本だ。この間のNBの地方選手権とは盛り上がりが違う。

ポールポジションのマシンはゼッケン『2』。美加子の好きな登沢で、今季は二度目のポールである。そして同じフロントローのセカンドポジションには、わずかの差で志賀が収まっていた。ゼッケンは『3』であった。

志賀の名前がアナウンスされると、スタンドやピットの上から一際大きな拍手が起こる。女の子たちから、悲鳴まじりの声援も飛んでいた。

「凄い人気ねぇ」

「んー……」

気のない返事をして、尚都はぼんやりと選手紹介を聞いていた。しかし、素通りする声はけっして頭の中に入ってはおらず、選手紹介がいつ終わったのかも、尚都は知らないくらいだった。

ウォーミングアップのために、マシンが一斉にうなり始めたところで、ようやく我に返ることができた。

第一コーナーを抜けたマシンが、パドックの向こう側のコースを駆けていくのを、目が漠然と追う。だが二番目に通過した志賀の姿は、意識しなくても目に焼きついていた。ゼッケンの『3』は、去年のランキングをそのまま表している。

今年は、ゼッケン『1』を獲得できるだろうか。

そう考えて尚都ははっとし、慌てて首を横に振った。

一分ほどかけてコースを一周してきたすべてのマシンが、元のようにスターティング・グリッドにつくと、サーキット内はマシンの咆哮《ほうこう》とアナウンサーの声以外、他に何も聞こえなくなる。

そしてシグナルがグリーンに変わった。

約四十台のマシンがエキゾースト・ノートを振りまいて第一コーナーへ飛び込んでいく。

『セカンドポジションから志賀が登沢を抑えてホールショット！』

志賀が一位で第一コーナーに入ったことを、アナウンサーの声で知り、尚都は思わず手すりから身を乗り出した。

鮮やかにマシンを操り、ポールポジションの登沢をかわした志賀が緩いS字に差しかかろうとしている。

ふいに心臓がどくんと、大きな音を立てた気がした。

そのまま第一ヘアピンへと駆けていく姿を、見える限り目で追いかけた。

きれいな、とてもきれいなフォームだ。初めて見たときも、確かそんなふうに思った記憶があるが、あれから七年も経《た》って、それはよりいっそう完成度を増しているようだった。スマートな、それでいて見ている者を熱くさせるような、そんな走りだった。

悔しいくらいに、彼は尚都を捕らえて離さない。

白旗を揚げるしかなかった。

「……ちくしょー……やっぱ、カッコいいなぁ……」

小さい呟きは、マシンの声の中にかき消されるかと思っていたら、しっかりと隣の美加子に拾われてしまった。

「なに、今さら言ってるの」

「だよなぁ……」

なんのかのと言っても、所詮は筋金入りのファンだ。それを尚都は嫌というほど自覚した。

トップを走る志賀は、やがて尚都の視界から消えていく。高低差のほとんどないサーキットとして知られる筑波であっても、視界のきかないところはあるから、絶え間なく喋《しゃべ》り続けるアナウンスを頼りに、尚都は見えないレース展開を耳で追った。

順位はまだ入れ替わってはいなかったが、このままで終わるとは考え難い。対照的なライディングをする志賀と登沢だが、どちらも速いことには変わりがないのだ。第一コーナーまでの間に志賀がトップを奪ったように、どこかで奪われることも充分に考えられた。

二五〇ccの決勝レースは二十九ラップ。

目も、耳も、レースから離すことはできなかった。


「なんで帰んないの」

すべてのレースが終わってしまってからも、なかなか美加子は、駐車場へ向かおうとはしなかった。売店のあたりをうろうろしたり、帰る車やバイクを眺めたりと、どうにも普段とは様子が違うのである。

問うような視線を無言で向けていると、やがて何の気なしに、美加子は口を開いた。

「交流パーティーの申し込みをしてあるの。集合までもうちょっとあるから、待っててね」

「は……？」

「奢《おご》ってあげるから。ね？」

笑顔で強要されて、尚都は否定を返すことができなかった。

交流パーティーというのは確か、ファンとライダーの交流のために企画されているイベントの一つだ。参加ライダーはそのときによりけりだが、選手たちと一緒に話をしたり食事をしたり、あるいはゲームをしたりするものだと聞いている。

まさか、と懸念が頭をよぎった。

「志賀さん……とか、出るんじゃないだろうな」

「参加予定ライダーの中に名前はなかったわよ。あんな無愛想な人、出ても話なんかできないんじゃない？　登沢さんが出るから、あたしは参加したんだけど」

「そっか」

ほっとしたような、がっかりしたような、複雑な気分だ。

最近、自分の感情がよくわからない。以前ならば、大抵のことは何でも白黒をつけてきたといおうか、つまりYESとNOだけで割り切ってきたのに、それだけでは片付けられないことが多くなってきたような気がする。慣れていないせいか、尚都は戸惑うばかりだ。

「ところで尚都くん。ずいぶん熱心に志賀さんの応援してたけど、もうファンはやめたんじゃなかったの？」

問う口元が、にやにやと上がっている。それを見なかったことにして、尚都は売店の棚からTシャツを手に取った。

「……俺が好きなのは志賀さんのライディングなんだよ。別に、志賀さんが口悪くっても嫌なやつでも、カンケーない」

「あれは、口が悪いんじゃなくて、言い方がストレートなだけだと思うんだけど。それに、尚都くん。志賀さんて嫌な人？」

「言葉のアヤだよっ」

嚙《か》みつく尚都を、しかし美加子はさらりとかわした。

徹よりも一つ年上の彼女は、傍《はた》から見ていても彼氏の徹より、かなり大人という印象がある。まして自分が敵《かな》うわけがないと、もうずいぶんと前に太刀打ちすることは諦《あきら》めている尚都だった。

「もうそろそろいいかな」

腕の時計に目を落とし、美加子はあっさりとゲートを潜って道路へと出た。歩いてすぐのレストランでパーティーは行われるというが、着いてみると、広い駐車スペースには女の子たちが大勢たまっていた。

「……女ばっかじゃんか……！」

「そりゃそうでしょ」

待っている人数はまだ二十名ほどだが、その中に男はわずか三人だった。この比率で考えると、最終的にも男は十人もいない勘定になってしまう。

「なんか、やだな」

「文句言わない。ほら行くよ」

ドアが開けられ、参加者が中に入っていくのを見た美加子は、急《せ》かすように尚都の背を押した。カップルで参加している者たちもいるようだが、どう見ても自分たちは姉弟だなと、他人ごとのように尚都は考える。

小学生のときからバイク一筋で来た尚都にとって、「カノジョ」はいつでもバイクだった。告白されたことは何度もあったが、一度もそれを受けたことはないし、まして自分から動いたこともないまま、十七の誕生日を迎えてしまった。興味がないというよりも、いろいろと忙しくて気が回らないといったほうが正しいかもしれない。今、一緒にいる美加子にしても、世間的にはけっこうな美人と知っているが、たとえ徹の彼女でなかったとしても、それ以上の関心は持たないだろうと思うのだ。

その美加子は先に立ってレストランに入るなり、空いているテーブルを素早く見付けて、あっという間にその場所を取ってしまった。後からのんびりとついていき、尚都は向かいの席の椅子を引いた。

ぞくぞくと参加者は入ってきたが、時間になって店の入り口が閉められるに至っても、六人掛けの尚都たちのテーブルには、とうとう誰も座ろうとはしなかった。

「ラッキー。これで登沢さんとかが座ってくれたら幸せよねぇ」

「確率低いんじゃん？　ライダー、何人くらい来るんだか知んないけどさ」

「十人くらいよ。確か」

　ということは、テーブル一つにだいたい一人のライダーという計算だ。美加子は覚えている限りの参加予定ライダーの名を、指を折りながら挙げていった。尚都の知らない名前は、そこにはなく、誰が来てもいいかと思える顔ぶれだった。

「登沢選手、いいかもな。面白そうだし」

「でしょ？　でも、尚都くんは別の人がいいんじゃない」

　楽しげな美加子にその理由を問おうとしたとき、司会進行係がマイクを片手に現れた。挨《あい》拶《さつ》や短いトークの後、彼は期待の目を向ける参加者に、選手たちが登場することを告げた。一人一人、名前を呼ぶと、店の奥から本人がホールになったところへやってくる。拍手だけで、声は飛んでこなかった。皆、緊張しているのだ。

　八人目は、登沢だった。人気ライダーの一人である彼は、どちらかといえば女の子のファンよりも男のファンが多いタイプだ。別格の志賀を除いたら、尚都も好きなライダーに挙げるだろう人物だった。

「はい、そして、最後の選手です。今日、今季三勝目をあげたばかりの、志賀恭明選手！」

「え……？」

現れた人物を目にして、尚都は茫然とした。それからたっぷり数秒は遅れて、司会者の声が頭の中に響く。

参加しているなんて、聞いていなかった。

「み……美加さん……？」

「なぁに」

「だまっ……騙《だま》したな」

小さく発した声は、心なしか少し震えていた。何のためかは、尚都にさえわからなかった。

「人聞きの悪い。黙ってただけよ。言ったら尚都くん、逃げてたでしょ」

否定はできないから、尚都は無言で美加子に非難の視線をぶつける。しかし迫力不足は否めなかった。

尚都がショックから立ち直れない間にも、司会者はどんどん話を先へ進めていた。

「じゃあもう早速、各テーブルに行っていただきましょうか。特に決めていないので、どうぞ、お好きなところへ。参加者の皆さんも積極的に呼んで下さいね」

途端に、女の子たちから悲鳴まじりの声が上がった。何といっても、志賀さん、がよく聞こえた。

当たり前だと、そろそろ冷静になった頭がぼんやりと感想を述べる。慌てることはないのだと、尚都はもうどっしり構えていた。

きっと、いちいち顔まで覚えていないに違いない。それに、あんなに熱心に呼ばれているのだから、きっとあの中のどこかのテーブルに志賀は行くだろう。

テーブルに頬杖《ほおづえ》をつき、尚都はジュースの入ったコップを見つめながら、そう考えていた。

顔を上げたその目の前に、美加子の隣の椅子を引く男がいた。思わず尚都はそのまま息を呑《の》む。

「……」

志賀恭明だった。

「優勝おめでとうございます」

にこにこと笑顔を振り撒《ま》きながら、美加子は平気な顔で志賀と接している。ファンでなければ誰に対しても冷静だと常々言っていた通り、本当に平然としているのがいっそ信じられないくらいだ。

「どうも」

一度、美加子を見やってから、志賀は視線を尚都に向ける。

いよいよ尚都は固まるしかなかった。何といっても、初対面の印象は強烈に尚都の中に植えつけられているのだ。

「今日、ピットの上で見てたな。レースはあの後どうした？」

尚都の願いに反して、しっかりと覚えられているらしい。しかし揶揄《やゆ》する調子は少しもなく、それは真剣に尋ねているようだった。

まっすぐに顔を見ることができず、尚都は視線を俯《うつむ》かせた。

「や……やめました……」

「やめた？」

彼は意外そうな顔をした。まったく予想外の答えであったらしい。

「志賀さんにガツンとやられて、めげちゃったんですよ。この子、根性なしだから」

横から口を挟んできて、美加子は笑みさえ含んだ顔で尚都を見た。

「……この間のことか？」

「あ、いえ……別にそういうわけじゃ……」

否定を口にしながらも、尚都の様子は明らかに肯定を表したものだった。じっと見つめてくる志賀の前で、尚都は小さくなるしかできず、助け船を期待して美加子をこっそりと盗み見る。だが状況はまったく変わらず、彼女がこの状況を楽しんでいるということだけがよくわかった。

「せっかくいいものを持ってるのに」

むしろ非難するように言われて、尚都は目を瞠《みは》った。

「だって、志賀さん俺のことボロクソに言ったのに……」

「そうだったか？」

尚都にそう問いかけてから、視線は美加子に向けられた。

「いえ、そんなことありません。志賀さんのおっしゃったことは正しかったと思います。それに、甘えくさった坊ちゃんにはあれくらいで丁度いいんです」

声の弾んでいる美加子を尚都はじろりと睨むが、一向に意に介した風もなく、美加子は椅子から立ち上がった。

「ど、どこ行くんだよ」

「食べもの取ってくる」

フロアに出ていく足取りが軽いと思ったのは尚都の気のせいだろうか。美加子は器用に左手で皿を二つ持って、料理の並ぶカウンターに群がる参加者にまじっていった。

「……姉弟か？」

尋ねた後で、似てないな、と志賀は呟いた。

「従兄弟の彼女です。仕事で従兄弟が来れなくなったんで、付き合わされて……」

「ああ……この間、一緒にいたのがそうか。どこかで見たことがあるような気がするな……もしかしてレースをやってたか？」

「あ、はい。志賀さんと同じレースに出たことも何回かあったんですけど」

そういうことかと、志賀は何度か顎を引いて納得を示した。

志賀の目の前で、尚都は相変わらず俯き加減に小さくなっていたが、やがて小さく深呼吸をし、意を決して顔を上げた。そうして初めて、満足にまっすぐ志賀の顔を見つめた。

「あの……優勝、おめでとうございます。最終ラップの登沢さんとのバトル、最高でした」

最後のバックストレートで、志賀のマシンが登沢のマシンより前に出たときの、あの自分の気持ちを何と本人に伝えればいいのだろう。めまぐるしく順位を入れ替えるゼッケン『3』と『2』に、ピットの上で美加子と二人、白熱したレースを追いかけた。最終コーナーを立ち上がった志賀がそのまま一位でチェッカーを受けたと知った瞬間は、本当に鳥肌が立ったくらいだった。

「ありがとう」

ふと表情が和らいで、その思いがけなさに尚都は目を奪われた。

こんな表情は知らない。しかし当たり前のことなのだと、すぐに思い知った。

尚都の知る志賀の表情など、雑誌の写真やテレビのレース中継や、せいぜいパドックで見かけるものでしかない。公表されているデータならば、尚都の知らないことはないが、プライベートにおける志賀恭明のことなどは、一ファンが知るはずもないのだ。

サーキットを離れれば、あんなふうに誰かに笑いかけたりしているのだろうか。

ちりちりと、どこかが焦げるような錯覚がした。

「お待ちどうさま。とりあえず、こんなもんで」

二つの皿に料理を盛って、美加子が帰ってきた。しかし箸《はし》は二膳《にぜん》しかないし、彼女も椅子に掛けようとしない。

「美加さん……？」

「あたし、ちょっと登沢さんとこに行ってくるわ。尚都くん、しっかりね」

ひらひらと手を振りながら、美加子はお目当ての選手のもとに走ってしまった。さして広くもない店内をよく見れば、確かに何人か、最初に座った席から移動して、好きなライダーのところに話しにいっている参加者もいるにはいた。しかしそれは極めて少数だ。

「登沢のファンか」

特に感慨もなさそうに志賀は言った。

「でも二番目に志賀さんが好きだって……あ、すいません」

フォローのつもりが、まったくフォローになっていなかったのだと、言葉半ばで尚都は気付いた。どうも、緊張してしまっていけない。もっと肩の力が抜ければいいのに、どうしても美加子のようにはなれなかった。

「別に謝ることでもないだろ」

「すいません」

また謝ってしまった尚都に、志賀は思わず苦笑を漏らした。

「この間の印象とずいぶん違うな。初レースだったんだろう？　結果は……？」

「十八位でした」

ひとつ顎を引いて、志賀は続けた。

「もう少し慣れたらコンスタントに入賞圏内は狙《ねら》えるんじゃないか。本当にレースはもうやらないのか？」

「志賀さんにそんなふうに言われたら、その気になっちゃいますよ。でも、まだよくわかんないです。俺、つまりその、志賀さんに感化されて走ろうって思ったようなもんだし……ずっとファンだったし……」

「そうなのか？」

「今までの様子でわかりませんか、普通」

「……ああ」

そういえば、とでも言いたげに、志賀は気のない返事をした。

「ノービスの頃からファンなんですよ、俺」

「それは、嬉しいな」

思わぬ答えを返されて、尚都は何のリアクションも取れなくなった。いつのまにか緊張は薄れてきたらしいが、やはりこんなふうに柔らかい表情をされると、もうどうしていいのかわからなくなる。

しかも、胸苦しさのおまけ付きだ。

「あの……」

会話がとぎれたのを見計らっていたのだろうか、女の子が二人、おずおずといった調子でテーブルに近寄ってきた。瞳はまっすぐに志賀を見つめている。緊張して、動きがぎくしゃくとしているのが、傍から見ていて微笑ましかった。

レースのことを持ちかけて、彼女たちはそれから志賀と話を始めた。

ぼんやりとそれを見つめながら、自分もあの子たちと同じなんだろうかと、尚都はふと考えた。把握できないほどいるファンの中の、たまたま覚えた一人でしかないのが、たまらなく嫌だと何かが訴えてくる。

嬉しそうな女の子たちの顔を、見ているのも嫌だった。

がたん、と音を立てて尚都は椅子から立ち上がる。そしてそのまま、人の残っているフロアを横切って、ドアから外へ出ていった。

(何、考えてんだ、俺……)

外の空気を吸ったところで、ほっと息が漏れた。

なんだか胸の中がもやもやとして、気分が悪かったのだが、外の新鮮な空気を吸っても、一向にそれは収まらなかった。

振り返っても、ブラインドを下ろされた店の中は見えなかった。

美加子がまだいるからには、このまま帰ってしまうわけにはいかない。かといって戻る気にもなれなくて、尚都は仕方なく車を止めた場所まで行こうと足を踏み出した。時間になったら戻ればいいだろう。

「どこへ行くんだ？」

深い声に引かれるように、尚都は勢いよく振り返った。

「何してんですか！　しっ、志賀さん出てきちゃったらマズイじゃんか！」

「気分でも悪いのかと思って来たんだ。その様子じゃ違うんだな」

呆れた調子で、志賀は溜め息をついた。話の途中で、彼はあの女の子たちを置いてきてしまったらしい。もともと誰とでも気軽に話のできる質《たち》ではないし、ロードレースの話に終始するならともかく、そうではない女の子たちの一方的な会話は疲れるだけだから、ちょうどよかったと彼は言った。

「ほら、戻るぞ」

「……いいです。俺、駐車場で待ってるって、美加さんに言っといて下さい。あと、レース頑張って下さい。チャンプ取るの楽しみにしてます。それじゃ」

「こら、ちょっと待て」

踵を返して立ち去ろうとするのを呼び止められたが、構わず尚都は歩き出した。二、三歩進んだところで、不意に腕を摑《つか》まれて振り返れば困惑顔の志賀がいた。

「なんなんだ、一体お前は」

気分が悪いわけでもなければ、用事があるわけでもない。ほんの少し前まで、普通に話をしていたはずなのだから、志賀の困惑は当然だった。

何か適当な理由はないかと、尚都は頭をフル回転させた。

「……ああいう場は、好きじゃなくて……」

「同感だな」

あっさりと同意されて、尚都は目を何度もしばたたかせる。参加しておいての発言だから、てっきり、また何か言われると思っていた。

「社交的なことは苦手なんだ。好きじゃない。それでも引き受けた以上は最後までいる責任があると思わないか」

「思います……」

「お前もそうだぞ。参加者が途中で帰ったら、主催側が気の毒だ」

店に背を向けた志賀が、こっそりと入り口のドアのあたりを指で示した。導かれて目をやると、ガラスのドア越しに男の人が一人、心配そうにこちらの様子を窺っているのがわかった。最初に入り口で記念品を配っていた人だった。

「わかったら戻るぞ」

背中を軽く叩かれ、尚都はそろそろと足を踏み出した。

ふと思い出したように、志賀は言う。

「レースのことは、もう少しよく考えてみろ。やりたくてもできない奴もいるんだから……」

仕方なさそうに笑う志賀の横顔を見ながら、尚都は二年のブランクを頭に浮かべていた。

ばつが悪くて返事もできないまま、志賀の後について、客用ではなく従業員用のドアから中に入った。心配していた主催側には気分が悪かったのだと説明をして、さりげなく二人で元のテーブルに戻ると、すでにそこには美加子が待っていた。

「よかった。戻ってみたらいないんだもん。どうしようかと思っちゃった」

「ごめん」

苦笑いをして、尚都は椅子に座った。

「どこ行ってたの」

「ちょっと外に……」

尚都が言葉を濁したので、美加子はそれ以上のことを聞いてこようとはしなかった。話の先はそのまま志賀へと移っていく。

「すみません。お守りさせてしまったみたいで」

「こいつは周りが大人ばかりだろう」

「そうですね。けっこう、年上ばっかり……ああ、それでなのね」

つくづくと尚都の顔を眺めて、美加子は溜め息をついた。周囲が何でも許容してしまうから、その心地《ここち》好さに慣れてしまい、同じ年の友人があまりできないのだ。それは多少なりとも尚都も自覚していることだった。

「周囲が甘そうだ」

「そうなんですよ。これでも、あたしなんか一番厳しいんですから。もういくらでもビシビシ言ってやって下さい。自立してないくせに干渉されると怒る、どうしようもないワガママ小僧なんですよ」

「うるさいなっ」

小声で怒鳴ってみせる尚都を、志賀の目が面白そうに見つめていた。

フロアでは、また司会者がマイクを持ち、これからやるゲームのことを説明し始めた。ほぼ全員がそちらの注目している中、尚都は一人でこっそり端整な志賀の横顔を見ていた。

筑波の日からちょうど一週間後の日曜日に、尚都はNSRを駆って徹の家までやってきた。予告もなく訪れるのはいつものことで、むしろ事前に連絡をしてくるほうが珍しいことだったから、庭先でバイクのメンテナンスをしていた徹は驚きもせず、すぐ側に止まった尚都を見上げ、そのまま手を止めて待っていた。

「徹っ！　手紙ってどう書くんだっけ？」

「ああ？」

ヘルメットを取るなり問われた徹は、素《す》っ頓狂《とんきょう》な声を出した。

「ほら、なんか、挨拶とかあるじゃん。暑くなってきたぞーっとか、寒くなってきたぞーっとかいうやつ」

「そんな時候の挨拶は嫌だな、俺……」

混ぜ返す徹の言葉など聞いてもいない様子で、尚都は矢継ぎ早に質問を浴びせた。

珍しいことだった。いつもなら、ここで噛みついてきて当然の場面だ。思っていたよりも、これは真剣らしい。

「美加子に聞きな。本か何か持ってたぞ、あいつ」

「今日、来んの？」

「来ねぇよ。電話しな」

「うん」

尚都は靴を飛ばして家に上がっていった。居間にいた母親に挨拶する声が聞こえ、それから五分くらいして、メモを手に今度はゆっくりと戻ってきた。

覗《のぞ》き込めば、それにはびっしりと書き込みがされている。

「わかったか」

「うん、まぁとりあえず……」

徹が再びメンテナンスを始めると、尚都は折り畳んだメモをポケットにしまい、同じようにバイクの前にしゃがみ込んだ。

熱心に手元を見ていた尚都は、やがて不意に口を開いた。

「志賀さんに手紙、出すんだ」

「へぇ」

とだけ返して、徹はそれ以上なにも言わなかった。

「……それだけ？」

「あん？　なんか、聞いて欲しいのかよ」

「なんで手紙出すのかなとか、思わない？」

要するに聞いて欲しいのだ。わかっていたから、徹は手を止めて尚都を見やった。

「またレース、やるんだろ？　その報告じゃねぇのか？」

「なんで知ってんだよ⁉　だって、それさっき決めたばっか……」

大きな瞳を見開いて尚都は驚きを表すが、徹のほうは再び手を動かし始め、何の気なしに答えてみせる。

「お前の考えそうなことは想像がつくさ」

先日の筑波でのことは、逐一、美加子から話を聞いているのだ。彼女の目で見る限り、尚都はすっかり志賀への憧れを取り戻したらしい。あるいは以前よりもそれは強くなっているかもしれないとも言っていた。たったそれだけの報告でも、生まれた頃から尚都に付き合ってきた徹にとっては充分な判断材料だった。

「今度はちゃんとやれよ。いつなんだ？」

「七月の半ばにあるやつ」

徹は頭の中でスケジュール帳を開いた。とりあえず、仕事のほうも大丈夫なはずだった。レースの決勝は日曜だが、予選はその前日だから、隔週土曜が休みの徹は日によっては仕事を休まなければならないのだ。

「頑張んな」

言いながら、つくづく甘いと徹は苦笑した。

予選は、難なく通過することができた。

以前のことを覚えている関係者は、最初こそあまり歓迎しない雰囲気を漂わせていたが、別人のようにマナーの良くなった尚都に、それは間もなく消えていった。

予選は二十三位。充分に入賞を狙えるポジションだ。

「暑いーっ」

フリー走行から戻ってきた尚都の、第一声はそれだった。

今日は比較的、涼しい日ではあるのだが、それはあくまで普通の格好をしている場合であって、レザーのレーシングスーツやグローブを身につけ、ヘルメットを装備しているライダーたちにとっては、暑苦しいことこの上ない。

ヘルメットとグローブを外した瞬間に、清涼感を味わった。もう少ししたらこの地獄のようなレーシングスーツも脱げるのだと、尚都は自分に言い聞かせる。

「秋まで待てばよかった」

独り言に答えてくれる者はいなかった。

「暑いの嫌いなんだよな」

「冬は寒いってうるせぇくせに」

徹の突っ込みに睨みで返して、尚都は歩きながら、スーツの前ファスナーを腰まで下げた。

どうせ中にはTシャツを着ているのだから、上半身だけでも脱いでしまいたかった。

トランスポーターは遮光の目的でカーテンをつけてあるもので、バイクも人間も運べるワンボックスだ。

白い車体が見えてくると、車の前で美加子が待っているのがわかった。どこか落ち着かない様子で、しきりに手招きを繰り返しているので、二人は少し足を速める。

神妙な面持ちで、彼女は尚都の両肩を叩いた。

「尚都くん。びっくりしないでね」

美加子はがらりとサイドのドアを滑らせる。車に問題が出ない程度に少しだけクーラーを掛けていたので、気持ちのよいひやりとした風がこぼれてきた。

「えっ……？」

これ以上はないというくらいに大きく目を見開き、尚都はその場で固まった。隣で徹も茫然としている。

「徹にはあたしが説明したげるから、とりあえず尚都くんはさっさと入る！　見付かっちゃうでしょ」

尚都は背中を押されて、半ば無理やりに車の中に押し込められた。背後で即座にドアを閉める音がして、この空間は周囲とは切り離された。

暑さからの幻覚でなければ、今、尚都の目の前にいるのは、かつてのスーパーノービスであり、今年の全日本GP二五〇ccクラスのチャンピオン候補であるライダーだった。

ほうけた顔を晒《さら》し続ける尚都に、志賀は笑みを漏らした。

「手紙、届いたぞ」

「なに、やってんですか……」

見事に会話が擦れ違っている。だが尚都には、そんなことを気にしていられるほどの冷静さが今は吹き飛んでいた。

今日は別に、ゲストライダーの予定などはなかったはずだ。それに、もし急なことでも、まさかこんな汚いトランスポーターに志賀恭明がいるというのは妙である。

わけがわからなくなって、尚都はただ相手の顔を見つめ続けていた。

「また始めるというから、見に来た」

端的に、志賀は答える。そういえばこういう喋り方だったなと、記憶を探って、わずかに冷静な部分がそう感想を述べた。次いで、自分が手紙の中で、いつのレースに出るつもりなのかを書いたことも思い出す。

「……わざわざ、ですか？」

念のためにと、尚都は尋ねた。志賀がただ自分のレースを見るために来たとは、そうだといわれても、にわかには信じられない。

しかし志賀はあっさりと顎を引く。

「変か？」

「そうか」

　即答すれば、志賀はそうか、と呟き、そして続けた。

「どうせレースもないし、八耐にはエントリーしないし」

　要するに、暇なのだろうかと尚都は思う。真夏の祭典、鈴鹿《すずか》八時間耐久ロードレースを控えて、この時期に全日本のレースはない。まして出場しないとなれば、次のレースまでのインターバルは相当なものだ。

　納得して、尚都は溜め息をついた。

「でもこんなとこに隠れてるってことは、バレたくないんですよね」

　知れれば、パドックはちょっとした騒ぎになるだろうし、取材に来ているバイク雑誌の記者にも記事にされてしまうかもしれないのだ。そう思ったのだが、志賀は頓着《とんちゃく》したふうもなくそれを否定してみせた。

「そういうわけじゃない。隠れろと言って、彼女がここに押し込めたんだ。なんならピットに入って監督をしてやろうか？」

　冗談ともつかない口調で言われて、尚都は苦笑いを浮かべた。もちろん嫌ではないのだが、もしそんなことを本当にしたら、尚都は周り中の注目を浴びてしまうだろう。実力で目立つならともかく、そんなことで名前を馳《は》せたくはないというのが本音だった。

「予選は二十三位だそうだな。教えてやるから、入賞しろよ」

「えーっ！」

外にも聞こえるほどの叫び声を上げて、尚都は啞然《あぜん》とした顔で志賀を見た。

「不服か？」

「ばっ……」

尚都は千切れそうなほどに首を振った。

こんな贅沢なことがあっていいものかと思う。近い将来、世界へ行くと噂《うわさ》されているライダーから、こんな名もないアマチュアライダーが指導してもらえるなど、考えもしないことだった。

確かに志賀はこのコースが得意なはずだ。彼がこのサーキットで打ち立てたＳＰ二五〇でのコースレコードはしばらく誰も破ることはできなかったと尚都は記憶している。ノービスのときの志賀は、ポールポジションがほとんど指定席の状態で、決勝でも当たり前のように勝ち続けていた。

間違いなく、志賀は尚都にとって唯一無二のヒーローなのだ。

深呼吸をして、尚都は上目遣いに志賀を見た。

「なんか……信じられない」

「何が？」

「だって志賀さんが俺の目の前にいるんだよ？　あ、ですよ」

慌てて取り繕うように志賀は失笑した。

よくも悪くも、本質的に尚都はまっすぐな少年なのだ。それを好ましく思う反面、無邪気さを笑ってやれない自分もいた。おそらく、ロードレースに対する環境において、尚都と志賀は最も対極にあったのだ。

恵まれた条件を自覚しない尚都に、それが得られないできた志賀は、どうしても羨望《せんぼう》を拭《ぬぐ》い去れない。だが同時に、自分にはない素直な走りを、いい環境の中で伸ばしてみたいとも思っている。

かつて自分が、誰かにそうして欲しかったように。

黙り込んだ志賀を、不思議そうに大きな瞳が覗き込むと、視線は立ちどころに尚都に結ばれた。

「無理に改まった喋り方をしなくてもいいぞ」

「はぁ……」

尚都は生返事をして、視線を落ち着かなく泳がせる。戸惑っている様子が手に取るようにわかった。

「そ……そういうの、なんかちょっと特別みたいで、嬉しいけど……」

くるくるとよく動く表情を見つめながら、志賀は黙っていた。彼自身、どうしてわざわざこんなところにまで来てしまったのかが不可解だったのだが、尚都を見ているうちにその答えもあっさりと見付かった。

どうしてか、何かをしてやろうという気を尚都は人に起こさせるのだ。外にいる二人がそうであるように、志賀もまた、そういった感情につき動かされた。

そう思っていたかった。

知れず、志賀は苦笑する。それだけではない自分を、すでに彼は知っていたからだ。尚都を知るにつれて、好意がそれ以上になっていく予感を拭えない。

初めて会ったとき、注意をしている間、尚都はきょとんとした顔を見せていた。それが背中を向けた途端に、今にも食ってかかりそうな気配を帯びたことに、志賀は振り返るまでもなく気付いた。何か言い返してくるかと思ったのだが、結局、声も掛からなければ、尚都が追ってくるということもなかった。

いいものを持っていると言ったのは本心だ。だからこその忠告のつもりで出向いたし、きつい言葉も用意したが、まさかあんな激しいライディングをするライダーが、こんな小綺麗《こぎれい》な造作の少年だとは思わなかった。少女に見える類《たぐい》の顔立ちではなかったが、つくりは繊細といってもも差し支えがないほどで、驚いた表情がやけに印象的だった。まったく顔と走りが一致しないので、実はあのときに志賀は驚きを直隠《ひたかく》しにしていたのだ。

どちらにしても、あの瞬間に、相手に対する興味が湧《わ》いたのは確かだった。

「……そうだ。びっくりして着替えんの忘れてた」

すでに上半身から離れているレーシングスーツを、細長い腕が動いて剝くように下ろしていく。中に着ているのはTシャツにジョギングパンツという出《い》で立《た》ちだが、思っていたよりも華奢《きゃしゃ》な身体は、どうも縦にばかり伸びた印象だった。

それは完成にはまだほど遠い、少年期のものだ。

「……ちょっとマシンを見てくる」

「あ、はい」

気にもせず着替えを続ける尚都の隣を擦り抜け、志賀は車外へと出ていった。車の後部に止めたマシンの横に徹と美加子が立っていたので、とりあえずサングラスを掛けてからそちらに足を向ける。

ぺこりと頭を下げる徹と、にこにこ笑いながら手にしたスポーツドリンクの缶を差し出してくる美加子が対照的だった。

受けとりながら、志賀はカーテンのついた窓の向こうを思い出した。

ひどく、後ろめたいこの気分を、どう説明付けたらいいのかわからない。そもそも、どうしてあそこから出てきてしまったのかが自分でも理解できなかった。マシンを見るというの

はその場の思いつきの理由だった。

「尚都くんは？」

「あ……ああ、着替え中だ」

すんなりと伸びた手足が、頭から離れない。

振り払うように、志賀は徹に話しかけた。マシンを見ると言ったのだから、実際にそうすればいいと気付いたのだ。

「クーラー切ってこなきゃ」

独り言《ご》ちて美加子は運転席のほうに回り込んでいった。


美加子が断りもなくドアを開け、手を伸ばしてクーラーを切るのを見て、すでに着替えを終えていた尚都は呆れて前に身を乗り出した。

「美加さんさぁ、男が着替えてるとか、そういうこと少しは気にしなよ」

言えば美加子はふふんと鼻を鳴らした。

「尚都くんの貧相なハダカ見たって何とも思わないもん」

「やだな。恥じらいのない女」

「男の裸に対して無差別に恥ずかしがるほうが変じゃないの。志賀さんとか登沢さんのだったら照れちゃうけどっ」

徹はどうなんだと尋ねようとして、思わず尚都はその言葉を飲み込んだ。なんとなく口にするのは生々しい感じがしてためらわれた。

美加子は楽しげに外にいる人物の話を始めた。

「志賀さんもスラーっとしてるわよね。まぁライダーって大抵みんなそうだけど」

モータースポーツにとって、体重はそのままレースのハンデになりうる。マシンの軽量化に限界がある以上、ライダーが軽いことの意味は小さくない。

「あれよね、必要な筋肉が無駄なくついてるって感じ」

「でも、志賀さんのあの身長ってハンデだよな。しかも二五〇だろ。それでよく勝てるよ。やっぱ凄いな」

「登沢さんだって大台に乗ってるわよ。ほら、それより後ろのハッチ開けるからね」

いつまでも志賀に立ち話はさせておけないと言い置いて美加子は車を降りていった。外に立たせておいたら、いくらサングラスをしていてもたちまちバレて、人だかりができてしまう可能性は充分にある。

戻って外からハッチを開けると、尚都はそこから外へ出てきた。

徹は一瞬だけ尚都を見たが、すぐにまた目を志賀に戻し、マシンの話を続ける。徹もけっして小さいほうではないが、志賀と並ぶといくらか目線は上向いた。

「ほとんどノーマルですよ。あんまり大したことできないし……もっと速いマシンにしてやれればいいんですけどね」

「そんなの別にいいよ。楽しく走れたらそれでいいしさ」

何がなんでも勝とうというような気概は尚都にはないのだ。競争心は昔から稀薄《きはく》だったし、努力するのもあまり好きではない。こんなことを口にしたら、きっと志賀からまた説教をくらってしまいそうだから、この場は黙っていようと心に決めた。

「あれ、俺の分は？」

志賀の手にスポーツドリンクを見付けて、尚都は美加子を振り返った。

「コーヒーならあるけど」

「やだ」

「言っとくけど、もうあとコーヒーしかなかったわよ。みんな売り切れ」

「缶コーヒー嫌いなんだよ。もう喉渇《のど》いて死ぬっ」

不満そうな様子も露に、尚都は荷台に腰を下ろした。ないとわかると、余計に飲みたくなってしまうのが人情である。少し歩けば別の販売機があるのだが、せっかく行っても同じように売り切れているかもしれないと思えば、無駄足を踏む気にはなれなかった。

「ほら」

目の前に缶を差し出されて、尚都はこぼれそうなほど大きく目を瞠った。それでも手が勝手に缶を受け取ってしまうほど、喉は渇きを訴えてきていた。

考えるより先に冷たい液体を流し込んで、半分ほどの重さになった頃、ようやく尚都はほっと息をつくことができた。大袈裟《おおげさ》ではなく、生き返ったという気がした。

「いいなぁ。尚都くんてば、志賀さんと間接キスじゃない。ファンにバレたら殺されちゃうかもよ」

「ばっ……」

二の句が継げないとはこのことだと尚都は思う。

フォローのしようもなかった。志賀も徹も黙っているし、美加子はじっと尚都の反応を見て面白がっているようにしか見えない。

実際、その通りだった。

思わず振ってしまったためにこぼれたスポーツドリンクは、滴《したた》るほどに尚都の手を濡《ぬ》らしている。もったいないと呟きながら、尚都はその手を舐めた。

「げー、しょっぱい……！」

「汗かいたんだから当たり前じゃねぇか。舐めるなよ、みっともない」

呆れる徹の横で、志賀が口を噤《つぐ》んでいるのを、何気なく美加子は眺めていた。

視線は、尚都に向けられている。それは徹も一緒だが、二人の視線には説明しがたい違いがあった。しかし志賀の視線は、それからすぐにふいと尚都から外されていった。

「手、洗ってくる」

缶の中身を飲み干して、尚都は空き缶を捨ててから水道を求めてトランスポーターから離れていった。

マシンのセッティングの話を徹と始める志賀を見つめ、それから美加子はもう遠くなった尚都の後ろ姿に目をやった。


マシンが次々とコントロールラインを通過していくのを、志賀はピットウォールに手をついたまま、ただじっと眺めていた。

冗談ではなく、本当に彼はピット入りしてしまったのだ。あれから、尚都にコースの攻め方やポイントを教えた後、知りあいを見付け出してパスを手に入れ、表向きはただピットにいるだけという形でレースの間ずっと彼は徹たちと一緒にいた。サングラス程度で正体を隠せるはずもないから、スタートする頃にはパドック中に知れ渡ってしまったが、次から次へと他チームのクルーが覗きにきても、志賀はまったく気にした様子もなく、目と耳でレースを追っていた。

尚都は、実に九位という成績でレースを終えた。

「す……げぇ……、こんなに違うもんかよ……」

徹は感心して、半ば茫然と呟いた。

いくら尚都がサーキットでの走り方を知らなかったとはいえ、手短なアドバイス一つで二レース目にして一桁入賞を果たしてしまったのだ。上位陣のリタイアなど、アクシデントが助けてくれたのも事実だし、セッティングの面でも志賀の意見を取り入れたのが大きくプラス材料になってはいるのだろうが、まったく驚くべき効果だ。

戻ってきた尚都はマシンを徹に預けると、一目散に志賀のところへ走っていった。

「俺、何番だった⁉」

ヘルメットを取るのも忘れているので、声は籠《こも》ってしまった。夢中になっていて、自分の順位もよくわかっていないのだ。

「九位だ。よく頑張ったな」

「……九位……？」

信じられないといった表情で、尚都は志賀を見つめる。

「す……すっげー嬉しいっ！」

感情の勢いのまま、尚都は志賀に抱きついた。いつもだったら、この相手は徹になるのだろうが、今日はたまたま対象が違っていた。

それだけのはずだった。

なのに、ぐいっと急に志賀のほうから引き離され、尚都はきょとんとする。いきなりのことに、一瞬啞然としてしまった。

「……おめでとう。戻ろうか」

「え、うん……」

釈然としない気持ちを抱えたまま、尚都は志賀の背中を見ながら歩き始めた。歩調を速めて追いついたところで相手を見上げる。

どうにも不自然な気がして仕方がなかった。

きれいなラインの横顔からは、何の感情も読み取れはしない。まっすぐ前を見つめる瞳が何を見ているのか知れなくて、ひどくもどかしかった。また何か怒らせるようなことでもしただろうかと、尚都は必死で理由を考える。

思い当たるのは、一つしかなかった。

「さっきの……すいません。俺、考えなしで……嬉しくて、つい……」

いくらなんでも馴々《なれなれ》しすぎた態度だったと尚都は反省する。まして、人目の多いパドックだ。レースの関係者だけでなく、バイク雑誌の記者も見ていたのだから、そんなところで、いかにも親しげに振る舞ってしまったのはまずかったかもしれない。

そう尚都は考えついた。

「志賀さん……？」

「気にしてない。ただ、あんなところでぐずぐずしていたら、捕まって面倒なことになると思っただけだ。苦手な記者が、こっちを見ていたからな」

曖昧に相槌を打って、尚都は黙り込んだ。

志賀の言葉を鵜呑《うの》みにするつもりはなかった。明確な理由はないが、それをあえていうなら勘という他はない。確かめたいとは思ったものの、どう口にしたらいいのかがわからなくて、とうとう一言も話せないままトランスポーターに着いてしまった。

美加子は車両保管のために、徹に付き合ってまだ戻っては来ていなかった。上位入賞車両は、競技規則に基づいてレース後に検査を行い、その上で正式に結果が発表されるのだ。

「ちょっと車に戻ってくる」

言い残して、志賀は乗ってきた彼の車のほうへと行ってしまった。帰ると言わないのは、レースの前に、この後の打ち上げを皆と約束したからだ。そうでなければ、きっとこのまま志賀は帰ってしまっただろう。

荷台でレーシングスーツを着替えながら、尚都は大きな溜め息をついた。

「尚都くーん。開けていい？」

がんがんと車体を叩く音がした。

「ちょ……ちょっとまだダメ！」

慌てて新しいTシャツと膝丈《ひざたけ》のパンツを身に着ける。ほぼ着替え終わったところで尚都はOKだと外へ告げた。

すぐにドアがスライドし、ひょいと美加子が顔を覗かせる。

「やっぱ志賀さんはいないわね。まさか、帰っちゃってはいないでしょ？」

「車に行ってる。美加さん……ところで今の、やっぱ、って何だよ？」

ストレートに疑問を投げかけると、美加子はまじまじと尚都の顔を見つめた後に、ゆっくり視線を外してしまった。

その表情が困っているように見えたのは、尚都の気のせいだろうか。どちらにしても、珍しいことには変わりがなかった。

「なんとなく……」

本格的に困っているようなので、尚都は追及を諦めた。

「そういや、美加さんてさっき……レース直後、どこにいた？」

「徹の横にいたんだけど……もしかしなくても目に入ってなかったわけね」

マシンを渡すときに、つまり美加子もいたということになるが、本当に彼女の言葉どおり、あのときの尚都はまったく気付いていなかった。とにかく、志賀のところに行って順位を聞かなければと、それだけが頭にあったのだ。

苦笑いをしながら、尚都は続けた。

「すぐ、いなくなっちゃったんだ？」

「そうね」

「そっか……」

ならば、あれは見ていなかったということになる。

少し、がっかりした。美加子が見ていたのなら、彼女に意見を求めたかったのだが、それが適《かな》わない今、わざわざ自分から状況を説明する気にはなれなかったので、いっそ忘れてしまえと尚都は自分に言い聞かせた。

「なに、どうかした？」

慌てて尚都はかぶりを振った。

「なんでもない。それより、どこで打ち上げやんの」

「打ち上げじゃなくて入賞祝いよ。いったん帰ってからにしない？　そのほうが楽でしょ？」

「うん」

美加子はそう言って腕の時計に目を落とした。

そろそろ車両保管が解除される頃だ。間もなくしてマシンと徹が帰ってくるはずである。

そうして暫定結果だった尚都の九位は、何ごともなければ確定するのだ。

「尚都くん、志賀さんの車に乗せてもらって、道案内してね」

「あ、うん」

頷く尚都は、もうすっかり先のことなど忘れて、ただ志賀恭明の車に乗せてもらえるということに意識が向いてしまっていた。

「それでは、尚都くんの九位入賞を祝って、かんぱーい」

美加子が音頭を取り、四人は徹の自宅でかちんとグラスをあわせた。

人の出入りが激しいこの家では、突然、徹が友達を大勢引き連れて合宿状態になってしまうことも珍しくないので、今さらこの程度の人数が来ても両親はまったく気にしない。まして客のうち二人はよく知った顔なのだ。二階で宴会が始まろうが、近所迷惑と安眠妨害にならない限り、口も手も出さないだろう。

普段はあまり使われていないこの部屋は、結婚した徹の姉のものだった。尚都や美加子が泊まることがよくあるので、ベッドだけはそのままにしてあるが、他の家財道具は一切ない、すっきりとした部屋だ。

慣れている二人はもとより、志賀も「未成年が……」などという無粋なことは言わなかったので、尚都は遠慮なく冷えたビールを流し込んだ。

結局、暫定結果は変更されることなく、順位はそのまま尚都のものとなった。

「尚都くんが国際A級になる日って来るのかしら」

「無理だろ」

にべもなく徹が言うのを、尚都がじろりと睨みつけた。確かに、その通りかもしれないが、言い方が癇《かん》に障ったのだ。

「志賀さんて特別昇格でいきなり国際A級だったんですよね」

美加子の問いに答えたのは尚都だった。

「そうだよ。十七戦中、十五勝したんだからな。バリバリのスーパーノービスだぞ」

「お前が自慢してどうすんだ」

すっかり、尚都は親しげな態度が定着してしまった。ついこの間まで雲の上の存在だった志賀恭明に、もう知りあって何年も経った相手のような接し方をするし、いつのまにか口調も普段通りになっている。緊張のかけらもなかった。

さすがにそれはどうか……と、徹は言っていたのだが、結局のところ志賀本人がそれを許しているのだからと、諦めるようにして納得した。

「なんか……不思議だな。まさかこんなことになるとは思わなかったよ。俺んちに、志賀さんがいるよ……」

ぽつりと、徹が呟いた。目の前に並んでいる二人のうち、一人はもう十七年も見てきた顔だが、もう一人は映像や写真でしかろくに見ていなかった顔なのだ。

「志賀さんも、変わった人だなぁ」

「よく言われる」

「ほとんど初めて会ったような奴と、よくこんなことやりますね」

「人と付き合うのに時間は関係ないんじゃないか。波長があえば、こういうことにもなるし、あわなければ何年経ってもそれ以上にならないし」

「なるほど」

グラスの中身をあおりながら、徹は何度も顎を引いた。すでにビールでは物足りなくなったため、新たに注がれたのは氷とウィスキーだった。

対照的に、志賀はあまりグラスに口をつけなかった。乾杯のときに少し飲んだきりなのは、これから車を運転して帰らなければならないからだ。

そんな事情を少しも考えず、尚都はしきりに酒を勧める。ここまで来たら泊まっていけばいいと、そう言いながら。

「四人いて、半分が飲まなかったらつまんないよ。志賀さん、強いって、前に何かで読んだことあるぞ。ほら、俺の入賞祝いなんだよ？」

頬を少し上気させて尚都は訴え、とうとう志賀にグラスを重ねさせることに成功した。

「志賀さんて、彼女いないんですか？」

シラフの美加子は興味深げに身を乗り出してきた。

結婚でもしない限り、いちいちバイク雑誌に載ることではないし、外国人ライダーたちのようにサーキットでガールフレンドを公然と側に置いたりは誰もしないので、そういったことはファンサイドには掴みにくいことなのだ。志賀の彼女の有無については、全国に興味を持っている女の子たちが大勢いるだろう。芸能人ではない分、彼女たちの淡い期待は小さくないらしい。現に、ときおりそんなことを――つまり、彼女になりたいと言っている子を見かけることがある美加子だった。

しかし、志賀はあっさりとそれを肯定した。

「うっそぉ。あ、わかった。特定のがいないってことでしょう」

「無理にいることにしなくたっていいじゃん」

憮然《ぶぜん》とした表情で尚都が横槍《よこやり》を入れてくるのを、美加子が意味ありげに見ている。

「だって、キャンギャルとかレースクィーンとか、きれいな女の子がたくさん周りにいるのよ。志賀さんならもてるに決まってるし」

「そういや今年の志賀さんとこのキャンギャル、えらい美人だよな」

しみじみと徹は腕組みをした。

チームのスポンサーがつけてくれるキャンペーン・ガールは、毎レース、必ず志賀や彼のチームメイトの側で、露出の激しいコスチュームを身に着け、傘を持ちながら愛想を振り撒いている。徹の言葉どおり、今年の二人は他のチームの女の子たちと比べても格段にきれいといえたが、興味がある者はこの場にはいない。第一戦のあった三月の寒い頃も、真夏の太陽の照りつける下でも、いつでも笑顔をつくっていなければならないのだから相当に大変だろうとは思うが、思うのはそれだけだった。

「誘われたりしないんですか？」

何気ない問いかけに、志賀は答えを返してこなかった。

「やっぱり、あるんですね」

「乗ったことはないけどな。レースのことで手いっぱいで、そんな余裕がなかった」

「なんだ」

美加子はそう言って、また徹のグラスに酒を用意し始める。しかし、あくまでポーズで、志賀の言葉尻《ことばじり》を摑まえていた彼女は密《ひそ》かに笑みを浮かべていた。

余裕はなかった、と、志賀は言った。つまり過去形なのだ。

「まぁ飲んで下さいよ。せっかくだし」

新しいグラスに志賀用の酒を作って、美加子は渡した。自分は飲めないくせに、妙に手慣れているのは徹と付き合っているせいだ。

尚都が隣で物欲しそうにしているのを知り、彼女はもう一つグラスに氷を入れたが、こちらは炭酸で割った。

嬉々として口をつける尚都を横目に見ながら、徹はまた急に話を振った。

「今年は、チャンプいけますよね」

「一応」

言いながらも、志賀の表情からは確固たる自信が窺えた。事実、現段階でのポイントランキングはトップであるし、本人も納得のいくレース内容で、七戦までを消化してきた。残るは、あと五戦。よほど調子を崩すか怪我でもしない限り、志賀はタイトルを取るはずだ。

「じゃあもう、決まったようなもんだよな。志賀さんて、滅多にコケないもん。完走率、むちゃくちゃ高いしさ。リタイアだって、ほとんどマシントラブルだろ」

「ああ」

「さすが志賀おたく」

データの正確さに、美加子は溜め息をついた。

アルコールの入ったせいで、尚都のテンションは妙に高い。隣にいる人のせいもあるだろうが、ペースも量も、いつもより多かった。

潰《つぶ》れるのも早いだろう。変な癖はないからそのあたりは徹たちも楽観しているが、突如として寝てしまうことはよくあることなのだ。そうなったらもう、揺すろうが叩こうが気の済むまで目を覚まさないから、後のことは起きている者の役目となってしまう。

お開きになったら、ここを片付けて、隣の徹の部屋で寝てしまおうと、美加子は頭の中で予定を組み立てていた。

「それじゃ、おやすみなさい」

両手に空き缶や瓶を大量に抱えて、徹と美加子はドアの向こうへと消えていった。運び込まれた布団は志賀のためのもので、すでに尚都はベッドに放り込まれていた。志賀や徹に比べれば、かなり早めのリタイアだったといえた。

酔いを醒《さ》まして帰ろうかとも思っていた志賀であったが、とてもそんな量ではなくなってしまい、途中でそれは諦めた。さすがに、初めて会ったような人間の家に泊まるのはかつてないことだったが、レースの世界での付き合いがほとんどだった彼にとって、こういったノリは新鮮には違いなく、状況を楽しんでいたのも確かだった。

ここまで飲んでしまったのは、入賞祝い、という言葉に折れたせいだ。そう志賀は自分を納得させた。だが吸い込まれそうな深い瞳に見つめられて、否と言い難かった事実も認めている。甘やかしてしまう周囲の気持ちが、よくわかるような気がした。

捕まったかもしれないと、他人ごとのように冷静な自分が呟いていた。

借りたパジャマに着替えようとして、ふと、寝息を立てる尚都に目が行った。

触れてみたいと思った自分に、驚きは少しもない。むしろ、それはひどく自然なことに思えた。

ベッドサイドに腰を掛け、わずかにためらった後、志賀は尚都に手を伸ばした。

少し長い前髪は思ったよりも柔らかく、さらりと指の間から逃げていく。そのまま志賀は掌《てのひら》で尚都の頬に触れてみた。

少し冷たいのは、アルコールが抜けてしまったせいなのか、見た目にもそれは白くなっている。

薄く開いた唇を指でなぞり、やがてゆっくりと、そこに唇で触れた。最初は軽く合わせるだけのつもりだった。

一度は離れた唇が、しかし未練がましく尚都を欲した。そうして再び塞《ふさ》いだ唇はあまりにも無防備で、たやすく舌の侵入を許してしまう。阻むもののないこの状況で、彼は盗むようなキスにつきまとう罪悪感を捨て去った。

反応がないのは承知で、深く尚都を貪《むさぼ》る。何度も角度を変えてくちづけるうち、志賀は身体の芯《しん》に点《とも》る火を自覚した。

唇から首筋に移っていたキスを止めることは思いつきもしなかった。強く脈打つところを探り当て、軽く歯を立てて、きつく吸う。

「ん……」

身じろぎされて、志賀ははっと我を取り戻した。

尚都は目を覚ます気配もなく、子供のように眠り続けている。

実際、本当にまだ彼は大人にほど遠い生き物だ。だが、子供ではないのも確かだった。その不可思議な存在は、こんなにも志賀を引きつけて止《や》まない。

レースに勝つことだけを欲してきた身が初めて欲しいと思った相手だ。

しかし、国際A級ライダー・志賀恭明を慕う尚都は、ただの男である志賀を知らない。ま

してこんな欲を抱えていることなど、想像もできないだろう。

寄せられている信頼を見事に裏切った自分を思い知る。

すべては酔いのせいだと、信じたかった。


昼過ぎに尚都が目を覚ましたときには、部屋に自分以外の姿はなかった。

きちんと畳まれた布団が部屋の隅にあるのを横目に見て階下に下りていくと、居間で美加子と徹の母親が昼のドラマを見ているところだった。

「おはよーございます」

「おそーい。何時だと思ってるの」

「え……うわっ、昼ドラやってるっ」

まだ眠そうな尚都を振り返り、二人は顔を見合わせて笑った。

「何か作ってくるわね」

そう言って伯母がキッチンへ入っていくのを見送り、尚都はクーラーの直撃する位置にどっかりと座り込んだ。

「美加さん、休み？」

「うん。有給とっちゃった」

しかしどうやら徹は仕事に出掛けたらしい。それでも母親と並んでテレビを見ているほど、彼女はすっかりこの家に受け入れられている。

きょろきょろと周囲を見回して、尚都は尋ねた。

「……志賀さんは？」

「徹と一緒に出たわよ。尚都くんが起きるまでいればって言ったんだけど、用事を思い出したからって帰っちゃった」

「えーっ。なら、起こしてくれればよかったのに」

尚都はがっくりと肩を落として、そのままソファに沈み込んだ。

成り行きでここまでなったものの、それは不確かな、その場だけの付き合いであることを誰も否定はできない。だから、尚都は別れる前に、それを確かなものにしたかった。

次の約束を、もらいたかったのだ。

「俺、志賀さんの住所も電話番号も知らない」

これでまた、志賀は手の届かないロードレース界のヒーローに戻ってしまうのだろうかと、尚都は溜め息をついた。

「頑張れ、少年。とりあえずチームのほうに手紙出せば、届くじゃない。で、教えて下さいって書きなさいよ」

「返事来なかったら、どうしよう」

「そしたらサーキットで捕まえればいいのよ。大丈夫よ。志賀さん、尚都くんのこと気に入ってるみたいだし」

美加子の言葉に、ぱっと尚都の表情が明るくなった。

「ほんと⁉」

「気に入ってもないのに、わざわざ地方選手権になんか来てくれるわけないでしょ。おまけに一緒に泊まったし」

にやにやと、変なふうに笑っている美加子に、尚都は気がついていなかった。

「そうかなぁ……」

「そうよ。ところで尚都くん、ここんとこ、痒《かゆ》くない？」

ずっと一点を見つめていた美加子が首のところを示して尋ねてくるので、尚都は指先を自分の首に当ててみた。

「そう、そのへん」

「別に何ともないけど？」

「あ、そう……ふーん、そうなんだ……へぇ……」

勝手に納得して頷いている美加子を尚都は不思議そうに見つめたが、昼食になってしまった朝食を徹の母親が持ってきたことで、興味はたちまちそちらに移ってしまった。

小一時間もバスに揺られて着いたサーキットは、尚都が想像していたものとはまったく違う様子であった。

音は聞こえてくるのに、コースどころかスタンドさえ見えないくらい、高いところに目的地はあるらしい。

駐車場や売店の横を抜け、コースとおぼしきほうへと足を向ける。

あれから、尚都はチームの住所に手紙を出したのだ。だが一ヶ月待っても、いまだ志賀からの連絡はない。

美加子はまだ手元に渡っていないからだとか、忙しくて返事が書けないのだとか言ってくれるが、どうも、そんなことではないような気がしてならなかった。

あの帰り方は、少し不自然な気がする。何か伝言くらいあってもよさそうなものだが、美加子に言わせると、ばつが悪そうに素っ気なく帰途についたという。

あれ以来、どこか楽しげな美加子が何かを知っているように思えて仕方なかったが、尋ねてもいつも鮮やかに躱《かわ》されて、この一ヶ月というもの、ずっと空振りに終わっていた。

思い詰めて、さんざん考えて、頭の中が飽和状態になったら、自分でも驚くような行動に出てしまった。

今朝、行ってきますと母親に言い、学校に向かったはずの足で尚都は緑の新幹線に乗った。学校が私服で本当によかったと思う。そうでなければとっくに補導されてしまっていたことだろう。

「山登りに来たんじゃないんだよな……」

教科書もノートも入っていない、すかすかのリュック一つで来てしまった尚都は、坂の途中で足を止め、恨めしそうにまだ見えないコースを見やった。

四サイクルの太いこの音は、スーパーバイクのものだ。ということは、もう二五〇ccクラスの午前中の予選は終わってしまったのだ。

尚都は慌ててまた足を動かし始めた。

両脇に木を従えたアスファルトの道を、尚都は足早に進んでいった。

陽射《ひざ》しは少々きつかったが、林の中といった風情のここは道路の端に寄ればいくぶん日陰になっていたし、地理的なことも手伝って、残暑の厳しい頃というのに覚悟していたほど暑さは感じなかった。

ようやく辿《たど》り着いたグランドスタンドの入り口で入場券を買い、パドックパスは階段の下だと教えられて中へと入った尚都は、その造りにまず驚いた。さんざん上ってきたのはそのせいなのか、普通と違ってすでにそこがスタンド席を上がりきった、イベントスペースになっている。コースがはるか下にあるといった感じだったが、さらに驚いたのはその観客の少なさだ。

しかしそんなことで悠長に驚いてはいられない。目的を思い出して、尚都は急な階段を下っていった。

下りきったところでパスを手に入れ、急いで地下通路を抜け、パドックへ出た。

初めて来たサーキットなので、勝手がわからない。必死でそれらしいチームの車を探すが、大きなトレーラーやモーターホームが並んでいるので、あまり視界はきかなかった。

どのみち、午後の予選になれば見付けられるだろうが、とりあえず歩き回ってみようかと、そう思ったときだった。

後ろから、ぽんと肩を叩かれた。

「志賀さっ……」

期待を込めて勢いよく振り返ったのに、そこにいたのは見知らぬ男だった。

「中原尚都くん……だよね？」

いきなり名前を言われて、尚都は驚きの表情で相手を見つめた。にこにこと笑うその顔には、まったく見覚えがない。しかし高そうなカメラに加えてメディアパスを下げているからには、バイク誌の関係者なのだろう。ならば、先日の入賞のときか何かに、たまたま尚都の顔を覚えたということも充分にあり得た。なにしろ、あの日はひどく目立つ人物がずっと側にいたのだ。

「ちょっと、時間あるかな?」

相手に警戒心を与えない笑顔は、しかし否とは言えない雰囲気を持っていた。

「あ、僕は『レーシング・ワールド』の森谷《もりや》っていうんだけど」

尚都の買っている雑誌の名をあげられて、少し肩から力が抜けた。

「はぁ……あの、なんですか」

「うん。志賀選手の話なんだけどね。ところで今日は誰か、友達と来てるの?」

「一人ですけど……」

「志賀くんと会う約束とか?」

問われて、やはりと思いながら尚都は否定のしぐさを取った。あの日に、この男が取材に来ていたことはこれで間違いない。

「それじゃ……」

「でも俺、志賀さんを捜してて っ……」

こんなところで油を売るつもりはないのだという態度で、尚都は何とか断ろうとした。しかしそれはあっさりと、相手の溜め息に振り払われてしまう。

「でもね、今日の志賀くんて、物凄くピリピリしてるんだ。一回目の予選のときも思ったようにタイムがあがらないらしくて、二十一位だったんだよ」

「二十一位……？」

前回に続く不調に尚都は言葉を失う。前回は鈴鹿だったので尚都は行けなかったのだが、やはり予選順位は振るわず、決勝でもマシントラブルでリタイアし、ノーポイントに終わってしまったのだ。

「モーターホームに籠っちゃってるらしいから、今はあんまり触らないほうがいいんじゃないかな。だから、とりあえず一緒にお茶でもどう？　あ、お昼まだだったら奢ってあげるよ。予選が終わったら間違いなく会わせてあげるから」

すんなりと頷く気にはなれなかったが、言われてみると確かに腹は空《す》いていたので、結局のところ、餌《えさ》に釣られる動物さながらに尚都は顎を引いてしまっていた。

てっきりパドック内にあるウィナーズサロンへ連れていかれるのかと思えば、何やらたくさん止まっている車の一台に森谷はポケットから出したキーを差し込んでいた。つまり、ここからどこかへ移動をするのだ。

「え、あの……？」

さすがに躊躇《ちゅうちょ》してしまう。知らない人について行ってはいけません、と、子供の頃にさんざん言われたことを思い出した。

だが相手は、ちゃんとプレスパスをつけている。

「あそこじゃゆっくり話もできないから、ホテルのレストランでも行こう。どうせ、志賀くんもそのうちに帰ってくるしね。どうぞ、乗って」

「はぁ……」

大丈夫だ、と判断し、尚都はバッグを担ぎ直してドアに手を掛けた。


「それじゃあ、まずは志賀くんとどういう知り合いなのか、教えてくれるかな」

注文を済ませてウェイトレスがいなくなった途端、森谷は少し身を乗り出すようにして質問をぶつけてきた。

一番困る質問が、いきなり来てしまった。問われても、尚都自身がそれをよくわかっていないのだから、うまく答えられるはずがない。

困惑顔でしばらく黙って考えていると、森谷は焦《じ》れたように問いを重ねてきた。

「君のチームクルーをやってた人、同じ姓だったけどお兄さん？」

「従兄弟ですけど……」

「ああ。昔、ノービスで走ってたんだよね。志賀くんと同じ時期に。残ってた資料の中に、名前があったよ」

レース参加の登録名だけでなく、雑誌もひっくり返したのだろうか。そんなにしてまで志賀と尚都の関係を知ってどうするのか、まったく理解できなかった。ＲＷ誌はゴシップ誌ではなく、バイク雑誌なのだ。

「従兄弟を挟んでの知りあいってことかな」

「……まぁ、そんな感じです」

説明するのも面倒なので、尚都は肯定してしまった。そのほうが、事実よりもずっと現実味があるというものだ。まさかあんなことになったとは、いまだに尚都だって信じられないくらいだった。

志賀が何を考えているのか、さっぱりわからない。

浅く息をついて、尚都は水と氷の入ったグラスを見つめた。

「ところで、これからも日程があえば志賀くんがみてくれるの？」

「いや、あれは、たまたまだから」

「なんだ。そうなんだ」

つまらなさそうに森谷が鼻を鳴らしていると、ウェイトレスが注文した料理を運んでくるのが目に入った。

目の前に置かれたカレーライスに口をつけながら、気になっていたことを尚都は尋ねることにした。

「なんで……そんなこと聞くんですか」

「好奇心が旺盛《おうせい》だから。なんて言っても、信用しないよね。まぁ、でも半分は本当なんだよ。記事にしようとかいうんじゃないしね。つまり、僕は君を河野《かわの》さんとこの秘蔵っ子なのかな、と勘繰ってたわけ」

河野といえば、志賀のチームの監督の名だ。思わぬことを言われて啞然としている尚都を目にして、森谷は苦笑いをしてみせた。

「大外れだったねぇ……でも、意外な志賀くんの一面を見たって気がするよ」

「意外って？」

「彼ってあんまり、人付き合いの上手《うま》いほうじゃないっていうか、他人に興味がないっていうか……とにかく、そういう感じなんだよね。みんな言ってる。礼儀正しいから、評判は悪くないけど、付き合いはものすごく悪いんだ。浮いた噂も聞かないしね。彼女、本当にいないみたい？　あれほどの男なんだから、実は隠してるんじゃないの？」

下世話な方向に話が行ったので、尚都はいくぶんむっとした顔を見せた。

「いないって言ってましたけどっ」

ふーんと鼻を鳴らして、森谷はじろじろと尚都を眺める。

尚都はケンカをするようにフォークで料理を突き刺して、成長期の勢いそのままに口に入れていった。

なんだか、ひどく不愉快だった。胸のあたりがむかむかするような、なんともいえない不快感が拭い去れない。

「……志賀さんて、どういう人なんですか？」

問えば相手は怪訝《けげん》そうな顔をした。

「親しいんでしょ？」

「親しくなんかない……全然、そんなんじゃない……っ」

志賀と自分との間には、確かなものが何一つないような気がしてならなかった。実際、否定する材料を尚都は持っていないのだ。

黙り込み、俯いた尚都を扱いかねてか、森谷は小さくふうと溜め息をついた。

「でもね。彼は親しくない相手のレースを見に行くほど、酔狂な男じゃないし、暇でもないよ。自分を出さないから、僕もあんまり把握できてないけどね。それは間違いない」

だったら、なんなのかと、尚都は問いたかった。だがそれは目の前の男に尋ねることではない。直接、問えばいいことだった。

尚都は一際大きな溜め息をついた。

「もう予選は終わったね」

時計を見ながら呟く森谷に、尚都は黙って頷いてみせた。

時間が近付くごとに尚都の緊張は募っていった。ほとんど発作的にここまでやってきたものの、いざ会うとなると、今さらのように躊躇が芽をふいてきて、このまま帰ってしまおうかとさえ思ってしまう。

逃げようとする自分を叱咤して、もう会話のなくなって久しいこの場に、尚都は必死で身体を縛りつける。

「あ、違った。志賀くんはA組だから、とっくに終わってたんだ」

あははと森谷は笑い声を立てるが、尚都のほうはますますそれで硬くなってしまった。

「ちょっと電話してくるね。予選の結果、知りたいだろ」

「うん」

森谷は尚都が背を向けている出口のほうへと歩いていった。

一人になった尚都が最初にしたことは、両手で頬をはたいて気合いを入れることだった。

まず、志賀に会ったら、急にこんなところでこんなふうに会うはめになったことを謝ろうと思う。大事なレース前に面倒をかけては絶対にいけないのだ。それは尚都の中のファン意識も許さないことだった。

謝ったら、次に先日の礼を言い、何気ないふうを装ってプライベートな連絡先を聞き出せばいい。

「よしっ」

ぱん、と頬が乾いた音を立てた。

「おまたせ」

弾んだ声がして、森谷が向かいの席に戻ってきた。顔付きがさっきよりも楽しそうなのが、気になるといえば気になった。

「志賀さんは……？」

「結局、サードポジションみたいだよ。と言っても、コンマ一秒とか二秒の差なんだけどね」

「調子良くなったんだ？」

「おかげさまでな」

聞き覚えのある少し低い声が耳に飛び込んできて、尚都は思いきり石になった。

振り返ることもできない尚都の隣に志賀は椅子を引く。尚都の目が自分を見ていないことを気にした様子もなく、志賀は問いを向けた。

「どうして、こんなところにいるんだ？」

「君の応援に来てくれたんだよ」

代わりに答えた森谷は、視線を向けてきた志賀に対してにっこりと笑顔をつくってみせた。

相変わらず言葉の出ない尚都をよそに、彼は説明を口に上らせる。

「君に会おうとしてパドックにいたんだよ。可愛かったからナンパしたわけ。どうせ、ここで待ってれば君も来るでしょ」

「尚都から話を聞こうとしても無駄ですよ」

「読まれてたか」

森谷は苦笑いをした。

「そうみたいだね。君がわざわざ来てたくらいだから、てっきり次代のスーパーNBの登場かと思ったんだけど、残念だったな。まさか趣味だとは考えなかったよ」

呆れたような、それでいて感心したような響きだった。

そろそろ石から人に戻った尚都は、恐る恐るといった様子で真横に座っている志賀を見上げた。悪いことをした後の子供のようなしぐさだ。

気付いて志賀は尚都に目をやった。

「学校はどうしたんだ」

「あ……その、サボり……」

首を竦《すく》めて尚都は言った。また怒られるに違いないと思ったのに、聞こえてきたのは溜め息だけだった。

「ご両親は知ってるのか」

「家を出るときまでは、ちゃんと学校行こうとしてたんだけど、なんか急にこっちに来ようとか思っちゃったから……全然知らない……」

「お前はまったく……とにかく、早く電話をしてこい」

後ろから軽く頭を叩かれて、のろのろと尚都は立ち上がった。

バッグに手を突っ込みながらレストランを出ていく後ろ姿を見送って、見物人と化していた森谷は呟く。

「親しくないとは思えないけどねぇ……」

「なんですか、それは」

怪訝そうな目を向けてくる志賀に、森谷の口元がにっと上がった。

「内緒。中原くんに聞いてごらん。僕はもう御役御免《おやくごめん》だし、面白い話も特に聞けそうにないみたいだから戻るよ。あんまり仕事しないと怒られるからね。じゃ、また明日」

森谷はレシートをテーブルの上から拾い上げ、それをひらひらと振りながらレジに向かってしまった。

ここで尚都を待っている理由もないので、追うように志賀も席を離れた。

「ずっと考えてたんだけど、しまいに考えすぎてオーバーヒート起こしちゃって、で、気がついたら新幹線の切符買ってたんだ」

志賀が部屋に入るのに続き、尚都も話しながら中に足を踏み入れた。

背中でドアの閉まる音とロックの掛かる音が同時に聞こえ、空間が外とは隔てられたのを知った。きれいにメイクされたベッドに腰を下ろして見つめてくる志賀の視線を受け止め、尚都は少し離れたところに突っ立っていた。

「怒んないの？」

「なんで怒るんだ？」

問い返されてしまうと、困ってしまう。

「学校、サボったし、急に押しかけてきたし……」

「応援に来てくれたんだろう？　怒るどころか礼を言いたいくらいだ」

柔らかく微笑む志賀の顔を見ていると、張ろうと思っていた意地が簡単に溶けていくような気がする。慌てて気を引き締めて、尚都はじっと志賀の顔を見据えた。

「嬉しかった。実は電話を掛けようと思ってたんだ。部屋に戻ったら、最初にそうしようと思ってたんだぞ」

「うそだ」

間髪を入れずに言う尚都に、志賀は苦笑いをした。

だが手紙を受けとっておきながら一ヶ月以上も連絡をしなかったのだから、信じられるはずもない。

「うそじゃない。連絡をしなかったのは悪かったと思ってる」

「……何も、教えてくんないくせに……」

明らかに拗《す》ねた物言いだった。

もう黙ってはいられなくて尚都は続けた。

「俺、志賀さんのことなんにも知らない……！　いきなり来て、人を有頂天にさせといて、また一方的に手の届かないとこ戻って……ずるいじゃんか。俺って何なんだよ？　数えきれないくらいいるファンの一人なのかよ！」

怒鳴ってしまってから、尚都ははっと我に返った。

まったくそのとおりなんじゃないか。自分で言って、そう思った。

一方的に八つ当たりをされた志賀は、ただ黙ってそれを聞いていた。冷静なその様を見ていると、一人でわめき散らしていた自分がひどく恥ずかしく思える。こんなつもりではなかった。いつもの調子で、軽く連絡先を聞き出せばそれでよかったのだ。

どうしたらいいのかわからなくて、尚都は視線を俯かせ、その場に立ち尽くしていた。

「そんなところにいないで、こっちに来い」

声に促されるまま、足は前に出る。ばつの悪さを抱えて志賀の元に行くと、手を引かれてベッドの端に座らされた。

志賀が宥《なだ》めるように背中を叩きつつ、尚都は上目遣いに志賀を見上げた。

「落ち着いたか？」

「ごめん……」

なんとか話を聞ける状態に戻ったと思う。だが言葉を探しているのか、志賀はすぐに喋ろうとはしなかった。

やがて、志賀は口を開いた。

「連絡をしなかったのは、ずっと考えてたからだ」

「何を……？」

「お前のことだ」

「俺……？」

自分を指差す尚都に、志賀は大きく顎を引いてみせた。

「ずっと、どうしようかと思ってた。あのとき、お前が起きないうちに帰ったのも、どうしていいのかわからなかったからだ。一ヶ月以上も考えに考えた末の結論は笑えたぞ。考えても仕方ないってことだったんだからな。それも、さっき出たところなんだ」

「志賀さん……話、見えないよ……？」

少し眉《まゆ》をひそめて、尚都は控えめに言葉を発した。理解できないのは自分が至らないせいかもしれないと思ったからだ。

今わかることといえば、志賀が何かをふっきってしまったらしいということだけだった。

そんなような顔付きを、目の前の人はしているのだ。

「いつのまにか、ただのファンとは思えなくなってた。尚都はかなり特別な存在なんだ」

ぱっと、尚都の表情が明るくなった。

「……それ、嬉しい。すっげー嬉しい」

声を弾ませる尚都に、志賀は大きな溜め息をついた。

「俺の言いたいことが、まったく伝わっていないんだな……。恋愛感情だと言っても、嬉しいと思ってくれるか？」

「え……？」

言葉の意味を摑みかねて、尚都は思わず何度も目をしばたたかせた。

恋愛感情、という言葉が物凄い勢いで頭の中をぐるぐると回っている。意味を理解するにはそれから少し時間が要った。

こぼれそうなほど大きく見開かれた目でまじまじと志賀を見つめる。茫然としてしまい、ほとんど頭が回っていなかった。

「言っていいか？」

返事がないのをいいことに、志賀は続けようとした。

「尚都が好……」

「わーっ！　ま、待って待って！」

急に正気付き、赤い顔をして尚都は叫ぶ。上体を後ろに引いて、少し志賀から離れるようにしてしまったのは無意識の行動だ。

「恐竜並みの鈍さだな」

正直に、志賀は感想を口にした。

「NOなら、はっきり言ってくれ。中途半端にされると明日のレースに影響するんだ」

前回の不調の理由に、まったく尚都のことがないとはいいきれない。そう志賀は言った。マシンに問題があったのも確かだが、コンセントレーションがうまく図れなかったのも大きな原因だという。実際、午後の予選がまずまずだったのも、もちろんセッティングがうまくいったこともあるが、昼頃に気持ちにケリをつけたというのも影響しているのだそうだ。

「だ、だっていきなりそんなっ……！」

逃げ腰の尚都を、志賀は腕を摑んで引き止める。

「さっきからの態度は、脈ありと見たんだが、違うのか？」

「知るもんか！」

混乱して叫んだ言葉と同時に、腕から手が離れていった。

「NOなんだな？」

「勝手に決めんな！　誰もそんなこと言ってないだろっ！」

貧血を起こしそうだと尚都は思う。自分がどうしたいのか、よくわからないのが正直なところだった。

ずっと憧れていた相手に告白されて、しかもそれが同性とくれば、おいそれと頷くことなどできようはずもない。しかし離れていった手を寂しく思ってしまったのもまた確かだ。

尚都は深呼吸を繰り返し、冷静になろうと努めた。その甲斐《かい》あってか、まもなくして平静が戻ってきたことを尚都は自覚する。

志賀は辛抱強く、尚都を待っていた。

「……俺、男だよ？」

間の抜けた問いに、しかし志賀は真面目に答えた。

「知ってる」

「志賀さんて……ホモ？」

「たまたま惚れた相手が男だっただけだ」

簡単に返されて、そのまま尚都は黙り込んだ。

捲《めく》っているのは、志賀に会ってからの尚都のページだ。遠い存在に憧れていただけの自分が、いつから志賀恭明という人間に認められたいと思ったのか。それはどうしてなのか。

色々なことを客観的に考えてみようとした。

国際A級ライダーの志賀恭明ではなく、そこから離れた志賀という人間を欲していたのは、けっして友情が欲しかったからではない気がする。

ページを一枚一枚捲るたび、否定ができなくなっていくのを尚都は思い知った。

「……志賀さんのことは好きだと思うよ。でも、それが恋愛感情かって言われたら、よくわかんないよ。ずっと俺、憧れてたんだからさ。ただね、志賀さんが他の誰かにこんなこと言うのは嫌だと思うし、キャンギャルとかが、もしべたべたしてきたら、超ムカつくと思う。これって、そういうことか？」

「多分な」

見惚《みほ》れるほどの表情で微笑《わら》われ、尚都がぼーっとしているうちに、気がつけば広い腕の中に身体はすっぽりと抱き込まれていた。

友達とふざけあったり、嬉しくて思わず抱きついてしまったりするのとは、まったく違う。こんなふうに触れられたのは初めてだった。こうしていると、つくづく志賀との体格差を思い知ってしまう。

体重が多くていいことはまずないライダーだから、全体の印象は細いといっていいかもしれない。しかしそれは、単に過剰な筋肉がついていないということなのだ。

「嫌じゃないか？」

「……うん」

「キスは？」

指先で顎を上向かされて、尚都は目を泳がせた。

間抜けなことだが、言われるまでそういったことに思い至らなかった自分を、尚都は頭の中で何度も罵倒《ばとう》した。

しかしけっして嫌だとは思わなかった。

「いい……けど、でも……みっともない話、俺……したことないし……」

ずっとバイク三昧《ざんまい》だったのだと尚都は自身を弁護した。今まで友達とそういう話になっても、今一つ我が身には考えられなかったのだ。ファーストキスは可愛い女の子か、きれいなお姉さんがいいと密かに思い描いていた尚都にとって、いくらきれいな顔でも立派に男である人が相手というのは夢にも思わないことだった。

「……悪い」

突然、謝りだした志賀に、尚都は怪訝そうな顔をした。

「どうしたんだよ……？」

「ファーストキスじゃない。実はこの間、寝ている間につい……」

「は……？」

大真面目な顔の志賀とは対照的に、尚都はまったくのファニーフェイスだ。その顔はしかし、次の瞬間に朱をまき散らした。

この間といえば、徹の家のことしかない。

「し……信じらんねーっ！　人が寝てる間に何やってんだよ！　俺、全然知らねーぞっ」

「だろうな。寝顔が可愛かったんだ。酔ってたし、自制がきかなかった。ああ、でもキス以上のことはしてないから安心していいぞ」

「当ったり前だろーっ！」

叫びながら、尚都は志賀の腕の中でじたばたとうるさく動いた。しかし、暴れるマシンを押さえるよりもたやすいのか、両腕はびくともしなかった。

「色気のない奴だな……」

「男に色気なんて求めるほうが悪いっ」

「そうか……？」

大きな手を頬に添えると、うるさかった尚都はぴたりと動きを止めてしまう。近付いてくる秀麗な容貌《ようぼう》に、思わずといった様子で尚都は目を閉じた。

触れてきた唇は、最初こそ軽く合わせるようなものだったが、何度も角度を変えて重ねられるうち、次第に執着をみせるようになっていった。歯列をなぞられて思わず開いたところへ、思わぬ感触が侵入してくる。

驚いて、尚都は危うく口を閉じそうになった。

「こら、殺す気か」

「だ、だって急に舌入れてくるからっ……」

「すまない。つい」

反省したふうもない言い方だ。尚都は責めるようにじっと志賀を見つめる。

「志賀さんて、つい、ばっかりじゃねーかよ」

「普段、自分をコントロールしているから、時々ふっと利かなくなることがあるんだ。この分だと、つい押し倒しそうだな。無粋な恋人に、意地悪もしたい気分だし」

涼しい顔で、さらりと言われて、尚都は脱力する。志賀の想いを受け止めるということは、つまりそういうことになるのだ。一瞬で、行き着くところまで考えが行って、尚都はうろたえた。いくらなんでも、セックスまでは今すぐに許容できるわけがない。

「し、志賀さん……」

「うん？」

「や……やんの……？」

「……」

聞こえよがしに、志賀は大きな息をついた。本気で怖《お》じ気付《け》いている様子を晒したせいか、苦笑まじりだった。

「すぐにどうこうするほど、俺はがっついてないぞ」

呆れたようなそのもの言いに、ひとまず尚都はほっと安堵《あんど》の息を漏らす。

絶対に嫌だとか、そんなふうには思わないが、つまり有り体にいえば、尚都は心の準備が欲しかったのだ。

どう考えても自分の立場はひとつしか考えられないから、それはほんの少し想像してみるだけでも、くらくらするほど強烈だった。怖くて、とてもビジュアルでは考えられない。それに、男なんか抱いて楽しいのだろうかと疑問も湧いた。

とても、尋ねることはできなかったが……。

尚都は窓の外を見つめながら、思い出したように溜め息をついた。


ピットの上の尚都を見付け、レーシングスーツ姿の志賀は軽く手を上げると、そのまま自分のチームのピットへ入っていった。

周囲にいた数人の観客が、何者なのかという視線で尚都を見てきたが、そ知らぬ振りをして彼はパドックを眺めていた。

ちょっとした、優越感だ。

言えるはずもないが、昨日から尚都は、あの志賀恭明の恋人になったのだ。志賀はロードレース界で最も女性ファンからの支持が多く、最近、スポンサーの企業ポスターに使われたこともあり、一般のファンもずいぶん増えていると聞いている。

あの顔では無理もないかと尚都は思い、そう思った瞬間に、迫ってきたアップが頭に浮かんで、危うくピットの上で挙動不審になりかけた。

結局、尚都はあのまま志賀の部屋に泊まったのだが、一緒のベッドに眠っても、志賀は本当にキス以外のことをしてこなかった。決勝レースの前日というのが、理由の一つにあったとしても、尚都の意思を汲《く》んでくれたことは間違いない。

朝のことは、寝ぼけていたのであまりよく覚えていないが、早くに起こされて、二人で朝食を取ったはずだった。レース前のウォームアップ走行に間に合うように起きたのだが、尚都を残して行くと、ホテルからパドックまでの移動が大変なので、一緒に連れていこうと志賀は考えたのだ。

尚都の記憶がはっきりとしているのは、モーターホームでもう一眠りして、目が覚めてからである。寝ていたおかげでウォームアップ走行を見逃してしまったが、その分はこれから始まる決勝でお釣りが来るはずだ。

志賀もピットに入ってしまったことだし、そろそろグランドスタンドに移動して観戦をしようと尚都が振り返ると、そこには手を振りながら森谷が待っていた。

相変わらず、笑みは顔に張りついたままだ。

「おはよう。昨日と違って顔付きが明るいね。仲直りしたの？」

一目でメディア関係とわかる相手に声を掛けられて、ますます尚都は周囲の注目を浴びてしまった。不躾《ぶしつけ》な視線がそろそろ煙たくなってきたので、逃げるようにしてそこから離れると、森谷はぴったりと横について来た。

長い観戦エリアを闊歩《かっぽ》しつつ、尚都は言った。

「言っときますけど、別にケンカなんかしてないです」

「でも解決はしたんでしょ」

「しましたけど……」

曖昧に答えながら、尚都は漠然と苦手意識を森谷に感じていた。

確か、以前の地方レースのときに、志賀が苦手な記者云々《うんぬん》と言っていたことがあったが、それはこの男を指していたのだろうと確信する。

しつこそうな相手を、どうやって振り切ろうかと考えながら階段を下りたところで、尚都は一旦《いったん》、足を止めた。

「俺、グランドスタンドで見ますから」

取材が彼の仕事である以上、まさかついては来ないだろうと判断しての言葉だ。

果たして、それは正しかった。

「そう。じゃ、また後でね。あ、それからまだ渡してなかったよね」

どこからともなく出て来た名刺は、気がつくと尚都の手の中にあった。疑っていたわけではないが、本当にRW誌の記者なんだなと、ぼんやり思う。

「何かあったら連絡してね。それと、来週の関東選手権のとき、取材に行くからそのつもりでいてくれる。君、エントリーしてるでしょ」

森谷の笑顔の前で、尚都はぽかんと口を開けた。

「取材……って、俺……?」

「そう、君。うちの本で、NBライダーを紹介するコーナーがあるのは知ってる?」

「あ、うん。知ってる」

カラーページを一ページ費やして、NBクラスの選手を載せているコーナーが確かにあった。毎号、違う選手なので、年に十二人は登場することになる。

「何で俺?」

まったく理解できなかった。スーパーNBと言われて注目を浴びる選手ならともかく、尚都はまだレースを始めたばかりで、出場もまだ三レースしかない。成績は最高が九位で、これといって目立つライダーではないはずだった。

「あ……」

小さく尚都は呟いた。

すっかり失念していたが、最高に目立ってしまったことが以前にあったのだ。

「わかってくれたかな? せっかくだから志賀くんのことも載せるけど、あくまでメインは君だから、そんなに大袈裟にはしないつもりだよ。でも、志賀くんのことがなくても、君くらい可愛かったら、いずれは声を掛けたと思うけどね。うちは女の子の読者が多いから、うってつけなんだよ」

可愛い、に反応し、尚都は露骨に嫌な顔をしてみせた。志賀もちらとそんなことを口走っていたが、男にそれは褒め言葉にならないような気がして仕方なかった。

しかし相手はまったく意に介したふうもない。

「できれば志賀くんがまた来てくれると嬉しいんだけどな。あ、別にね、昨日のことを恩に着せようとか、そんなことは少っしも思ってないんだけどね」

笑いながら肩を叩いてくる森谷を見ているうち、どうして志賀がこの男を苦手と言ったかが、よく理解できた。

話がとぎれたのを好機と見て、尚都は慌てて森谷に別れを告げ、そそくさとコースを横切る地下通路に入っていった。

どうせまた、あとで顔を合わせる羽目になってしまうだろうが、とりあえずそのときは志賀も一緒だろうから、今よりはずっとマシな状況といえるだろう。

尚都はグランドスタンドの中段に席を取り、サイティング・ラップに出ていく志賀のマシンを見送った。

指が覚えているナンバーを押して、待つこと少し。コール四回目に、電話線は徹《とおる》の部屋とホテルのロビーを繋《つな》いでくれた。

「もしもし。徹？」

尚都《なおと》であることを確認した途端、電話の向こうで徹は怒鳴った。

結局、昨日の電話が午後の三時近くになってしまったため、尚都の両親や徹の家は、激しく心配をしてくれたらしいのだ。子供がいなくなったわけではなく、ただ十七の男が半日ふらりと姿を見せなくなっただけで大袈裟《おおげさ》だと尚都自身は思ったが、それまでの尚都の落ち込みを見ていただけに、彼らはいらぬ心配をしたようだ。

どうやら部屋には美加子《みかこ》もいる雰囲気だが、彼女だけは悠長に構えていたというから、それはそれで、らしい話といえた。

何にせよ、あれから初めて徹と話をするのだから、怒られるのは覚悟の上であった。もちろん、おとなしく聞く気がないのも確かである。

「あーわかったわかった。帰ったらゆっくり聞くからさ。それより、聞いてよ。志賀《しが》さんが優勝したんだ。これでポイントも登沢《とざわ》さんに追いついたんだぞ」

声を弾ませる尚都に、徹はあからさまに呆《あき》れていた。もうこうなってしまったら、何を言っても耳に入らないことを、彼はよく知っているからだ。

「スタートで失敗しちゃって、集団に飲まれちゃったんだけどさ、そのあとがもう凄《すご》いんだよ。十一台ゴボウ抜き！　ファステスト・ラップも出して、そのまんまそれ、コースレコードだったんだ」

いくぶん食傷気味に徹は聞いていたが、そんなことは気にもしない尚都である。

とにかく、これを言いたくて仕方なかったのだ。誰かと一緒に来ていれば、大いに盛り上がったところなのだが、あいにく一緒にいるのは当の本人だし、他に知り合いなどいようはずもない。そうして思いついたのが、怒られるのを承知で徹に電話をすることだった。

しかし一枚きりのテレホンカードの数字は、みるみる数を減らしていく。

「あーもう、なくなった……！　とにかく俺、今日は帰んないから、明日もガッコー行けないって言っといて。お土産《みやげ》買ってくからさ」

言い終わるか終わらないかのうちに、ぷつりと回線は切れてしまった。うるさく鳴きながら電話機は価値のなくなったカードを吐き出してくる。抜き取ったカードはそのまま電話機の下に突っ込んで、尚都は部屋に戻った。

「今度はちゃんと言ったか？」

「うん」

きちんと言ったかどうかはともかくとして、とりあえずは伝わったはずであった。すでに遠慮もなく、靴まで脱いでベッドに座る尚都を、志賀は椅子のところから物言いたげに見つめている。

「なに？」

「森谷《もりや》さんに話しかけられた」

「げ……」

思い当たる節があった。知れず、尚都は苦笑いをする。あの男は尚都だけでは飽き足らず、志賀にまで笑顔で強要したに違いない。

「再来週だったな」

「本当に来んの？」

目を丸くして尚都は返す。いくら森谷が苦手とはいっても、まさかそこまでとは思ってもみなかった。

レースについてきてくれるのは心底嬉しいのだが、不相応な注目を浴びてしまうのは歓迎できない。この間の九位はたまたまラッキーだったからであって、その次のレースでは何とか入賞圏内だったものの、ぎりぎりの十五位だったのだ。志賀がついているわりには大したことがないと、陰で言われるのは願い下げだった。

志賀が来てくれることと、余計な注目を浴びてしまうこと。秤《はかり》にかけた結果、もちろん一緒にいたいという正直な気持ちが勝《まさ》った。

「でも、そんなに森谷さんが苦手なんだ？」

「ノービスの頃に世話になったんだ。あの人は昔、前のチームのメカニックをやってたからな。レースのことでいろいろと迷惑もかけたし……」

溜《た》め息《いき》まじりに目を閉じるその表情さえ、惚《ほ》れ惚《ぼ》れするほど絵になっていた。

いい男だなぁと、つくづく尚都はそう思う。ライダーの人気は何といってもまず速さだが、志賀くらい卓抜した容姿の持ち主なら、問題なく人気はでたことだろう。まして、誰もが認めるトップライダーとくれば、黄色い声がついて回っても当然だ。

事実、表彰式の後にくるテレビや雑誌のインタビューが終わっても、志賀はなかなかモーターホームに帰ってこなかった。来られなかったといったほうが正しいかもしれない。

必要以上にパドックをうろつかないのも、そのあたりの事情らしいと尚都は知った。

荷物の側《そば》に積まれたプレゼントの山やファンレターに目をやり、それから志賀を見やった。

「周りに女の子、いっぱいいるじゃん」

「尚都……？」

何を言い出すのかと言わんばかりに、志賀は目をすがめて尚都を見た。

「どっかのチームのキャンギャルが、志賀さんのこと話してた。きれいな人だったよ。その気になれば、志賀さんはいくらでも選べるんだよ？」

「もう選んだ」

強い瞳は尚都から離れることはなく、深い声は胸の中にまで染みてきた。志賀の前に築きあげた防波堤が、あっけなく流れていってしまうのを尚都は自覚する。

腹の立つほど冷静な部分が警鐘を鳴らすが、他の大部分はもうそれを聞いてもいなかった。

近付いてくる志賀を見つめながらも、その場から逃げることさえ思いつかない。乾ききらない髪に指を差し込まれると、ふわりとシャンプーの匂《にお》いが立った。いつもと違うその匂いは、尚都に日常から離れた錯覚を起こさせる。

だったら、いいかと、心の中で何かが呟《つぶや》いた。

「優勝祝いをくれるか？」

返事の代わりに尚都は目を閉じる。

唇を重ね、志賀は深く尚都を求めてきた。引き込んでいた舌が探り当てられ、尚都はおずおずと、ぎこちないながらも応《こた》えようとした。

物慣れないその様が、いかに男の独占欲を喜ばせるかなど、尚都が知るはずもなかった。

口の中を他人の舌が舐《な》めているというのに、気持ち悪いという意識は少しも湧《わ》いてこない。

それどころか、ぞくぞくとした甘い痺《しび》れが、ゆっくりと全身に回っていくようだった。

「はぁ……」

息継ぎも上手くできなくて、解放されたときには苦しげに呼吸を繰り返してしまった。それを見た志賀が、密《ひそ》かに笑みを浮かべたことなど知ることもなく。

長いキスの余韻をひきずる尚都は、志賀の唇がとうにくちづける場所を変えていたことにも気付かない。着替えに借りたチームシャツのボタンを、志賀は最後まで外してしまうと、首や肩にキスの雨を降らせながら、尚都の身体をベッドに預けた。

日に焼けない肌に、志賀は所有の印を残していく。強く吸い上げ、あるいは軽く歯を立て、舌を這《は》わせる。

それは、子供が新しい遊びを見付けたように、飽くことなく続いた。

「ん……」

きついキスは、ときおり見知らぬ感覚を尚都に与えてきた。触れられたいくつもの部分から生まれた熱は、肌の上をすべる冷たい指先にも冷まされず、むしろ煽《あお》られるように広がっていくかに思えた。

くすぐったいと思っていたところが、なんだか妙な具合だ。

「し……志賀さんっ……」

思わず、尚都はうわずった声を出した。

「なんだ？」

返事こそあったものの、行為自体はまったく止まる気配がない。それどころか、ふと見付けたのだとでもいうように、志賀は胸の飾りを舌でつついた。

びくんと、尚都の身体が震える。

それは感じたというよりも、そんなところを舐められて驚いたといったほうが正しい。

触られて、ぷっくりと尖《とが》ったそこを軽く噛《か》まれ、舌先で押しつぶすようにされる。そうかと思うと、もう一方の粒は、指の腹で少しきつめに擦《こす》りあわされていた。

「ぁ、あ……っ……」

勝手に声が出て、止まらない。いじられて自分が感じていることは、ごまかしようがないことだった。

「今さら、やめろと言われても困るぞ」

やめる気もないくせに、と尚都は思う。その証拠に、喋《しゃべ》っている間だって、志賀は指で尚都の胸を攻めているのだ。

「い、言わない……けど……でも、根性ないから俺……」

言えば、笑うような気配が胸元でした。

「根性がいるとは知らなかった」

「笑うなよ……っ」

「特別なことをさせる気はないから、なけなしの根性でおとなしくしててくれ」

やめる気がないのは尚都も同じだったから、黙って彼は顎《あご》を引き、俎上《そじょう》の魚になることを決意した。

「やっ……」

それでも、穿《は》いていたジーンズと一緒に下着までが志賀の手によって身体《からだ》から離れていってしまったときには、何もしないでじっとしていることこそが忍耐のいることなのだと尚都は思い知った。

両の膝《ひざ》に手を掛けられ、途端に尚都は身を硬くする。力が入ってしまうのは無理もないことだと思ってくれたらしく、志賀は無理強いはせずに、時間を掛けて促すようにして膝を割り、間に身体を入れてきた。

膝の内側に唇を押し当て、そこから薄い皮膚の上を、付け根に向かって辿《たど》ってくる。強く吸われ、簡単に侵略の痕《あと》が残った。

俎上の魚と尚都が自分のことを思ったのは、あながち大袈裟なことではなかったかもしれない。下肢に触れられて、魚さながらに尚都は跳ねた。

「んんっ、あ……ん！」

手で包み込んで擦り上げるようにされると、身体から力という力が抜けていってしまう。自分でするよりもずっと強い感覚だから、反応するのもひどく速かった。

そのうちに、温かく軟らかなものに自身が包まれて、尚都は悲鳴じみた声を上げた。

自分では知りようもない感覚の鋭さに、甘いばかりの声が、ひっきりなしに唇から漏れる。意識のすべてがそこに集まってしまったかのような快感だ。

「や、だ……っ……あぁっ……」

その熱い刺激の正体が何であるかを、濡《ぬ》れた音で尚都は知った。

志賀の口に含まれていると気付いて、尚都は大きく目を瞠《みは》った。いやいやをするように首を横に振っても、懇願するように志賀を呼んでも、許してはもらえない。

ねっとりと絡みつく舌に、腰から溶け出してしまいそうだった。

扱《しご》かれ、強く吸われて、足の先がシーツを引っかく。自然と背中が浮き上がってしまい、逃げ出したいようなせつない快感に支配されていく。

気持ちがよすぎて、どうにかなってしまうと思った。

「ん……っぁ……」

下肢に埋まる志賀の髪を細長い指先が摑《つか》もうとするのは、もう無意識のことだ。しかし指先は痺れてしまったように、うまく力が入らなかった。

だから、ふいに志賀が離れていったときには、あっけなくすべての指の隙間《すきま》から、さらりと髪がこぼれていった。

外気に晒《さら》されて、初めてそこがどれほどの熱を帯びていたかわかる。

「志賀さ……」

懇願を口にしかけた尚都だったが、思わぬところを触られて息を呑《の》んでしまった。

いや、思わぬところ、というのは間違いだ。そこで身体を繋げるということくらい、頭ではわかっていた。

志賀の指は濡らされていて、硬く閉ざされたところを優しく撫《な》でている。焦ることも、強引なこともせず、襞《ひだ》を確かめるように何度もゆっくりと指を滑らせて、腿《もも》の内側にキスを繰り返した。

「は、ぁ……あんっ！」

解放を待つ尚都のものに、志賀は舌を這わせた。途端にうそのように力が抜けていってしまい、その隙を突くようにして、指が中へと入り込んできた。

思わずぎゅっと指を締めつけて、侵入を阻むその抵抗の激しさに、志賀は心配そうに眉《まゆ》をひそめた。

「力を抜くんだ。尚都……」

「く……ぅ……」

「息を吐いて」

囁《ささや》くように言って、志賀は股《また》の付け根に宥《なだ》めるようなキスをした。

言われるままに息を吐くと、その隙に指が深くまで入り込んできた。自分の中に、人の指が入っているなんて、信じられなかった。

根元まで埋められた指は、ぎりぎりまで引き出されていき、もう一度突き入れられる。何度も同じことを繰り返してから、志賀は指を増やしていった。

「く、ぅんっ……」

痛みは力を抜いたらそれほどでもなく、異物感も和らいでいった。どんなことにでも慣れるというものはあるらしいと、尚都はぼんやりと考えた。

最初よりはいくらか楽だし、今はむしろそこが疼《うず》くような気がして仕方なかった。

くちゅくちゅ、という、いやらしい音が、尚都の乱れた呼吸に混じって聞こえる。こんな格好で、とんでもないところをいじられている、というだけでも逃げ出したいくらいに恥ずかしいのに、この音がさらに羞恥心《しゅうちしん》を煽ってくる。

「痛くないか？」

「ん……」

小さく頷《うなず》くのがやっとだった。

深く突き入れられた指は、中でバラバラに蠢《うごめ》き、内壁に触れた。ただそれだけのはずだったのに、尚都の身体は電流を当てられたように、びくんっと大きく震えた。

「ぁあっ！」

反射、といったほうがいいような、そんな感覚だ。身体が先で、後から頭が認識した感じだった。

かすかに志賀が笑ったように思ったのは、気のせいだろうか。

同じところを指でいじられて、尚都はのたうつように身を捩《よじ》った。

「やっ、いやぁ……！　い、っちゃ……うっ」

強烈な感覚に泣きそうな悲鳴を上げる。情けないとかみっともないとか、そんなことを思う余裕もなかった。

「いいよ」

「あぅ……っ、は……あぁっ！」

何度か刺激を与えられ、尚都は欲望を弾《はじ》けさせた。

全身が硬直したようになって、それから浮いた背が力なくシーツに落ちた。細い手足も投げ出され、ぐったりとしたまま薄い胸が忙《せわ》しなく上下した。

ゆっくりと志賀が指を引き抜いていく。それにほっと息を漏らしながら、尚都はどこかで喪失感にも似たものを覚えていた。

脚を抱え上げられ、熱いものを押しつけられて、尚都は我に返った。と同時に、弛緩《しかん》していた身体がまた少し硬くなった。

「怖いか？」

「……そんなこと、ない……」

うそではなかったが、強がりではあった。本来、この身体は男を受け入れるようにはできていない。それはわかっているが、それでも志賀を受け入れたいと思ったのだ。

「さっきと同じだ……息を吐いて……」

「は……ぁ……っ！」

がくり、と尚都は仰《の》け反《ぞ》った。痛みがないとは、けっして言えない。だが耐えられないというほどでもなかった。

狭い入り口は、たやすく男を迎えてはくれなかったが、尚都が息を吐き出したときを見計らって、志賀は一息に侵入を果たした。

固く閉じた目の端から、涙がこめかみを伝って髪に吸い込まれていく。

噛み締めている唇を志賀が舌でなぞり、あやすようなキスをすると、立てた歯が唇から離れた。

逃さずに、志賀は尚都の口の中に指を入れ、力を散らした。そうしておいて、痛みに興奮を忘れた尚都自身に、長い指を絡めてきた。

「ん……」

眉根を寄せる尚都が、わずかに甘えがかった息をつく。もちろん、これで痛みがなくなるわけではあり得ないが、戯れかける手の刺激を受けるにつれて、身体からは余分な力が落ちていく。

気持ちよさと、強烈な異物感と、熱いと思えるようなその部分の痛み。すべてが混じりあって、尚都を混乱させていた。

やがてゆっくりと、志賀は動きだした。

「あっ、ぁ……！」

新たな衝撃に襲われて、感情とは無関係の涙があふれ出た。

初めて開かされた身体は、志賀が突き上げてくる度に悲鳴を上げたが、自分の中に息《いき》づくその圧倒的な存在感を、感情はけっして忌んではいなかった。

思い出したように、悪戯《いたずら》な指は尚都の前をつまびき、その瞬間は苦痛の中にも確かに快感を得ることとできた。それはさながら、散り散りになって忘れられた快感の種を、志賀の手が拾い集めて育てるようなものだった。

繋がった部分から広がるのは、熱さのようでもあり、痛みのようでもある。

「志……賀さ……っ」

溺《おぼ》れた人のように縋《すが》るものを欲しがる腕を、それしかないのだというように志賀に伸ばしても、どうしても指先すら肩に届かなかった。もどかしげに、尚都は何度も首を振り、責めるように志賀の腕に爪《つめ》を立てる。

いくぶん身を屈《かが》めて、志賀が頼りなげなその指先を自分の首に導くと、夢中で尚都は彼にしがみついた。

「ああっ、あ……！」

焼けるような熱さに、思考がめちゃくちゃに搔《か》き乱され、もうこれが純粋な痛みなのかすらわからなくなった。乱れた息を何度もしゃくり上げながら、尚都は甘い痺れが背筋を這い上がるのを感じていた。

志賀に与えられている感覚が、今はすべてだ。

深く穿《うが》たれて、そのまま腰を揺すられる。同時に胸の突起を指の腹で擦り上げられると、尚都は小さく声を上げ、呑み込んだ志賀を締めつけた。

「やっ……」

「どうして？」

耳元で囁く声は、いつもよりずっと甘くて官能的だ。その声すら、ぞくぞくとした快感になってしまう。

「だ……め……」

「何が？」

問いかけに答えることなく、尚都はただかぶりを振った。声だけで感じてしまったなんて、言えるはずもない。

志賀は最初から答えなど期待していなかったのか、問いを重ねることなく浅く尚都を突いてきた。

「あっ……ん、や……っ、ぁ……」

溶けていきそうだと思った。志賀と繋がったところから、自分がとろとろに溶けて形をなくし、蜜《みつ》のように甘ったるいものになってしまうんじゃないかと。

現に今だってもう、自分が感覚だけの生きものになってしまった気がしている。

「尚都……」

耳元で、志賀が名を呼ぶ。

じわっと奥底から熱を含んだ快楽が滲《にじ》み出して、指先にまで走り抜けた。志賀の何もかもが、今の尚都にとっては甘すぎる刺激だ。

身体を深く折られ、激しく突き上げられると、もうたまらなかった。

「はっ……ぁ、ああっ……」

自分からはほとんど動くこともできず、翻弄《ほんろう》されるばかりだ。声を上げ、泣きながら許しを請うことしかできない。

喘《あえ》ぎ声をもらす唇を塞《ふさ》いで、志賀は尚都を求める心のままに、貪《むさぼ》るようなくちづけをした。声すら余さず自分のものにしようとしているように。

「ん……んんっ……」

もう終わりが近い。

より深く貫かれ、頭の中は真っ白になる。上げた甘い悲鳴ごと、尚都は志賀に飲み込まれていった。

助手席で揺られる尚都が目を覚ましたときには、もうあたりの景色は見覚えのあるものになっていた。うとうとしていた程度だと思っていたら、どうやら本気で眠り込んでしまったようだ。

慌てて尚都は運転席の志賀を見た。

「ごめん……！」

助手席で寝てはいけないと、前から徹に散々言われてきた尚都だったので、反射的に詫《わ》びの言葉が口をついた。

しかし志賀は気にしたふうもなく、一瞬だけ尚都に目を向けてきて笑った。

「よく寝てたな。昨夜の疲れか？」

声の調子が笑みを含んでいるので、からかっているのだとわかる。嫌でも思い出してしまって、尚都は頬《ほお》が熱くなる気がした。

（こんな涼しい顔して、あんなことしちゃうんだもんなぁ……）

端整な横顔を見つめながら、尚都は溜め息をつきたくなった。

倦怠感《けんたいかん》と異物感と芯《しん》に残る鈍い痛みと、その他もろもろに支配された身体を忘れたくて、コトが終わった後、できればすぐにでも眠ってしまいたい尚都だったのだが、残念ながら、そのままというわけにはいかなかったのだ。

細やかな根性は、また大活躍をしなければならなかった。

すなわち、尚都の中に放たれたものの始末、である。

本当は志賀の世話にならずに、自分で何とかしたかったのだが、どうしたらいいのかわからなくて、結局は手を煩わせてしまった。

あれが一番、根性が要った気がしてならない。

おかげで昼近くまで、まともに志賀の顔を見ることもできず、車に乗り込む頃になって初めて、ようやく何とかぎこちなさが取れたのだった。

「このまま、まっすぐ行っていいのか？」

「あ、うん。もうちょっと走ると左側にガソリンスタンドがあるから通過して最初の信号、左。で、四つ目の交差点を右に行って、ちょっと」

尚都の家を住所でしか知らない志賀のために、尚都は手短に道を教えた。

学校帰りの高校生の姿が、歩道にあふれている。本当なら、尚都もああして今頃、家に向かっているはずだった。おそらく母親は病欠として担任に連絡を取ったはずだから、この状態を発見されたら、皆に何を言われるかわかったものではない。

尚都は顔を隠すように、肘《ひじ》を窓のところについた。

「こそこそするなら、最初からサボるな」

「なんだよ。サボったから、ああいうことになったんじゃないか」

むっとして口答えをするが、それくらいで負ける志賀ではなかった。

「どのみち同じだな。少し、遅れただけだ。とっくに惚れてたんだろう？」

「自惚《うぬぼ》れんなっ」

思いきり尚都はしかめ面をしたが、もう肌を合わせてしまった後で言っても、それは何の説得力もありはしない。しかも、本当のことだから始末に負えなかった。

「友達が夏休みに彼女としたとか、そういうこと、新学期に入ってからいろいろ聞かされてたんだよ。お前も早くオトナになれよ、なんて肩まで叩かれちゃってさ……まさか、男にやられちゃいましたなんて誰にも言えねーよ」

「人が無理やり抱いたみたいに言うな」

ステアリングを握る志賀の声音は相変わらず冷静だが、そこに不機嫌さはない。だから尚都はむきになって叫んだ。

「だからって喜んでたわけじゃないからなっ！」

「ああ、そうか。けっこう気持ちよさそうに喜んでたと思ったのは気のせいなんだな」

しれっと、恥ずかしいことを口にされて、尚都は酸欠の金魚のようになった。

こんな男だとは、遠くでただのファンをやっているときには夢にも思わなかった。志賀さんてストイックで渋い、なんて目をきらきらさせている女の子たちに、この正体を見せてやりたい衝動に駆られたが、駆られたそばから無理なことだと諦《あきら》めた。

どう足掻《あが》いたところで、一枚も二枚も上手な相手ではどうしようもなくて、尚都はもう何も言うまいと決意する。

すでに下校する生徒の姿は見えなくなっていた。車の量も、この道は格段に少ない。前後に何台か走っている車でさえ、四つ目の交差点を右に入ると一台もついては来なかった。

ようやく乗用車が擦れ違えるかという道の両側は住宅ばかりだ。

「どのあたりだ？」

「もうちょい。ほらあの、真っ赤な屋根の手前」

言われるままに走らせて、志賀の車が停車したのは、中原と書かれた表札のかかった門柱の少し手前だった。

「寄ってくだろ？　そうしてもらえって、さっき電話したときに言われたんだ」

「そうだな……大事な一人息子を二晩も預かったんだからな」

ためらいながらも志賀は顎を引いた。

「志賀さんに会ったら、きっとちゃんとした人だって、安心するよ」

「なるほどね、これからのためにも必要か」

エンジンを切って車を降り、志賀は勝手に鍵《かぎ》を開けて入って行く尚都の後に続いた。

尚都の部屋に通されたときには、すでに日はとっくに落ちて、外は暗くなっていた。

出迎えた母親は、甘いと聞いていた通り、叱《しか》る気配も見せず、無事に帰ってきたことで充分だとしているようだった。では、すぐに息子を返さなかった志賀に対して悪感情があるかというと、そうでもないらしく、徹の口添えもあったのだろうが、かなりの歓迎を受けたのであった。おかげで、夕食を一緒にという約束までさせられて、やっとリビングから尚都の部屋に移ることができた。

「佳都子《かづこ》さんてメンクイなんだよ。志賀さんて絶対、好みだと思ってた」

そう言いながら尚都はアイスコーヒーにガムシロップをなみなみと注ぎ入れる。見ているだけで気持ちが悪くなりそうだった。

「……お母さんを名前で呼んでるのか」

「だって、呼ぶと怒るんだよ。老けこむから嫌だとか言ってさ」

「若く見えるぞ」

「うん。俺、十七のときのガキだもん。だから今、三十四。あ、やべ……人に歳《とし》教えたのがバレたら文句言われるんだ」

舌を出してみせて、尚都はCDプレイヤーのスイッチを入れに立った。

面差しが、尚都に似ていると思う。帰って来ていない父親の顔は知らないが、母親似であることは間違いない。

尚都が志賀の近くにすとんと座った直後に、入れたままだったCDが演奏を始めた。結構なボリュームの音が部屋に流れるが、それでも会話に苦労するほどではない。

ストローをくわえたまま尚都はじっと志賀を見つめた。

「俺、似てる?」

「そうだな……わりと」

吸引機のような勢いでグラスのコーヒーを空にして、ずずっと空気の混じる音で尚都はストローから口を離した。

なんとなく、機嫌が悪そうだと思ったのは志賀の思い過ごしなどではないだろう。

「人妻って興味ある?」

「何を言い出すんだ、お前は」

「たとえば、けっこう若くて美人で、こういう顔したのとかさ」

にわかに機嫌の悪くなった理由が、それでわかってしまった。要するに佳都子が志賀をいたく気に入って、リビングにいるあいだ中、尚都をそっちのけで志賀に話しかけていたのや、ふと志賀が彼女の話の後で黙り込んだのが気に障ったらしい。

他愛《たわい》のないやきもちだ。

「母親を相手に妬《や》いてどうするんだ」

「だって、男っていうハンデ背負ってんだよ。同じ顔なら、女のほうがいいじゃん?」

決めつけられて、あやうく志賀は溜め息をつきそうになった。

「そんな程度で目移りするくらいなら、最初から同性を恋人にしないぞ」

不意打ちで尚都を引き寄せて、逃げられないように腕を腰に回してから、志賀は尚都の頬に掌《てのひら》を添えた。

「この顔は好きだけどな、顔だけが好きなわけじゃない」

「……じゃあ聞くけど、俺のどこが好きになったりしたんだよ？」

探るような視線が志賀に向けられる。答えないと納得しないのだろうが、しかし、うまく言える自信はなかった。

逡巡《しゅんじゅん》して、志賀はようやく言葉を口にした。

「考えなしの甘ったれ小僧が、なけなしの根性を振り絞ってくれるところだな」

「はぁ……？」

きょとんとする尚都に微笑みかけて、志賀は数ヶ月前のことを思い出していた。

あのとき尚都にきつい注意を言ったのは、マナーの悪さや彼のライディングセンスを気に掛けたのも事実だが、本当にただ楽しみのために走っていた尚都を、どこかで羨《うらや》ましく思っていた部分があったのかもしれない。

尚都の歳にはもう、志賀はプロになるために走っていた。レースを続けることに障害があったことも手伝ってか、少年でいられた時間はひどく短く、しかもその頃さえ頭の中はレースに埋め尽くされた状態だった。

気付いたときには、急いで大人になってしまった後だったのだ。

無謀で、恐れ知らずで、自由。志賀の憧《あこが》れたそんな姿を、尚都に見た気がした。

「ライセンスを取って、初めて乗ったマシンとお前は似てる」

ふと思い出したような口振りで、志賀は笑う。バイクと一緒にされた尚都は、不満そうではあったが、あえて口を噤《つぐ》んでいた。

「決定的に違うのは、お前を乗り換える気はないことだな」

「俺はバイクかよっ！」

とうとう黙っていられなくなって尚都は怒鳴った。

志賀はライディングそのものの冷静さで、尚都さえ気付かないうちに首のあたりに顔を埋めていた。

「ちょ、ちょっと……」

「そうなると、サーキットはベッドだな。夜のレースはTカー（予備）なしで……まぁ、夜じゃなくてもかまわな……」

「かまう！」

喋ると息が掛かって、くすぐったいのだ。しかし黙っている間は、好きなようにキスをしているので、どちらかといえば、尚都は黙っていてくれるほうが助かった。くすぐったいより、なんとなく気持ちがいいほうが人間いいに決まっている。

「耐久レースは苦手そうだな。体力がなさそうだ」

恐ろしいことを言われた気がした。

「お、お、俺……スプリントレースでいいっ。そんなに保《も》たな……し、志賀さんっ、ちょっ……待てって。マジになるなよー！」

レッドフラッグ――レース中止の旗を振ろうとしていたのに、ざわざわと妙な感覚が、キスされたところから湧き起こっている。階下に母親もいるのだから、まさか本気ということはないだろうが、すぐには止めてくれそうもないくらいには、志賀のキスは軽くなかった。

「やばっ……い、って」

しかし手は尚都を裏切って、志賀の背中にしがみついてしまう。

前触れもなく、名残惜《なごり》しげに首や肩のあたりから志賀が離れていって、ほっとした反面、物足りないような寂しさを覚えてしまった。これは、まずい傾向かもしれない。だがもう、尚都には引き返すことも、そのつもりもない。

何も言わない志賀に、尚都は自分からキスをした。

だからきっと、この先の責任は五分五分なのだ。

「尚都！　お前っ……」

徹の声が聞こえてから、ノブの回る音がしたように思ったのは、もちろん尚都の錯覚だった。当然、ノブのほうが先だったのだが、尚都が気付いたのが遅かったのである。

部屋の入り口で、徹は固まっていた。

肩越しに覗《のぞ》き込んで室内の状況を悟った美加子は、ふーんと鼻を鳴らした。

「仮死状態ね、徹。カチンコチンに固まってる」

固まっているといえば、尚都も同様だった。志賀の腕の中で、徹と視線を合わせたまま、ぴくりとも動けないでいた。

聞こえてくるのは、デッキから流れる演奏だけだ。

こういうのは、先にパニックを起こした者の勝ちである。出遅れた者は、パニックに陥った人を見て、必要以上に冷静になってしまう。今の志賀と美加子がまさにそうで、とりあえず、冷静な者同士で目が合ったので、簡単な挨拶《あいさつ》を交わしあった。

「どーもすみません。お取り込み中とは露知らず。なんか、尚都くんに説教するつもりだったらしいんですよ。とりあえず、コレ連れて帰りますから。ほら、行くわよ。徹」

「ど、どーゆーことなんだ、これはっ！　説明しろっ」

「なんだか娘を持った父親みたいね。見てわかることを聞くのやめなさいよ」

「尚都は男だぞ!?」

「もう、あんまり大声出したら、おばさんに聞こえちゃうじゃない。要するに二人は恋人同士ってことでしょ。だからキスもエッチもする、と。わかった？　わかったら帰るわよ」

半ば引《ひ》きずるようにして、美加子は大きな身体の徹を連れていってしまう。それを見て、志賀はふーんと鼻を鳴らしたが、尚都はそれどころではなかった。

「ど……どうしよう……」

何故《なぜ》か美加子はすっかり理解を示してくれているからいいが、問題は徹である。

「彼女が、うまくやってくれる気がしないか？」

「……そうかもしれない」

その後で、また美加子の玩具《おもちゃ》にされるのは目に見えているが、とりあえずはいいとしよう。

尚都は大きく息を吐いて、志賀の肩に額を押し当てた。


母親に叱られた子供のように耳を引っ張られて、徹は尚都の部屋から引きずり出されていく。立ち直っていない徹は、美加子が尚都の母親に明るく挨拶している声を、遠くで聞いているような状態だった。

「あら、もう？　御飯食べて行かないの？」

「すみません。待ち合わせの途中でちょっと尚都くんの顔を見に寄っただけなんです。またご一緒させて下さい」

美加子は笑顔のまま、ぐいぐいと徹の背中を押していく。結局、徹が我に返ったのは、中原家の玄関を出てからだった。

「おい、美加子っ」

「話は中でね。はい、乗って」

さっさと運転席に収まり、エンジンを掛けた頃にようやく徹がドアを開けた。ショックのあまり、動作が鈍くなっている。

ドアが閉まると同時に、美加子の軽自動車は発車した。

「お前さぁ……なんで、そんなに悠長にしてられるんだよ」

溜め息まじりの呟きだった。

「だって、あたし薄々感付いてたもん」

「いつからっ⁉」

「ええと……あ、ほらあのときよ。志賀さんが尚都くんのレースに来てくれたじゃない。尚都くんを見る目がね、なんか違うの。ピピーンと来ちゃった」

声の弾んでいる美加子に反して、徹の声は覇気がない。

「全然、気がつかなかった……」

「そりゃそうよ。あんたにわかるわけないいじゃない」

「でもやっぱ、よくねぇよ。そういうの、不毛だよ」

先ほどまでの興奮状態を脱し、冷静さを取り戻した徹は、やはりすんなりとあの関係を認めるつもりはないようだ。生まれた頃から知っている尚都だからこそ、ショックも大きいし、許容もできないのだろうと美加子はわかっている。

わかっていたが、同意する気はなかった。

「頭、かたーい」

「お前、脳天気すぎるよ」

「だって、本人たちが好きっていってるものは仕方ないでしょ。それにもう、しちゃったわけだし。あたしたちが応援してあげなかったら、尚都くんが可哀想じゃない」

もっとも平然としていられるのは、美加子が他人で、もともと同性愛について——特に男同士について嫌悪感がないせいかもしれない。だが冷静だからこそ、闇雲《やみくも》に反対するのがいいとは思えなかった。

「男同士だぞ」

「うん。相手がどうしようもない男なら考えちゃうけど、志賀さんよ？」

「そりゃ志賀は……まぁ、そうなんだけどさ……。叔母さんとか叔父さんが知ったら、どうするんだよ……」

簡単に納得できないのは当然だが、美加子も尚都のために譲る気はない。徹が理解を示すか示さないかは、尚都にとって大きな問題なのだ。

「別に言わなきゃいいことじゃない。それこそ結婚するわけじゃないんだし、黙ってればバレないわよ。夢にも思わないだろうしね」

「騙《だま》すのか？」

「言わないほうがいいこともあるってこと」

「うそつかなきゃいけないような関係はどうなんだよ」

「別にうそじゃないでしょ。ちょっとした隠しごと」

「ちょっとした、じゃねぇよ」

吐き捨てるような言い方に、微妙な変化が感じ取れた。それを美加子は敏感に察知して、もう一息、と畳みかけた。

「尚都くん、ちょっと変わってきたでしょ」

「……」

「嫌なことあるとすぐそっぽ向いちゃうとこ、少しだけ改善されてきたと思わない？　それ、志賀さんのおかげだと思うんだけど」

言ってから少し待ってみたが、反論はなかった。徹の性格からして、違うと思えば黙っていないから、これは肯定という意味だ。

小さく頷いて、美加子は続けた。

「いい影響受けてると思うのよね。それって、つまり必要な人ってことじゃない。志賀さんは、尚都くんに必要なのよ」

「恋愛関係にならなくてもいいんじゃないのか」

「なっちゃったものは仕方ないじゃない。あたし的にはね、女の子と付き合っても、もし暇《ひま》潰《つぶ》しみたいなつまらない恋愛するんなら、男の人といい恋愛したほうがずっと尚都くんのためになると思うわけよ。障害はたくさんあるわよ。でも、それ乗り越えられないんなら所詮《しょせん》それまでなのよ。障害なんて、多かれ少なかれ誰にでもあるんだし。ね？　徹クン」

信号待ちの間に、にっこりと笑った美加子に、徹は何も言わなかった。

わざと呼び捨てにしなかったのが、意図があってのことだというくらい、徹はちゃんとわかっている。

こういうとき、徹が反論しづらいのは、もともと美加子が高校時代の先輩だから、という理由があった。基本的に頭が上がらないのも、下級生だったときの名残だ。

徹はぼんやりと、窓の外に目をやった。

「……違和感は、なかったんだよ……」

「んー？」

「あのとき、尚都が志賀とキスしてたじゃん。あれ見てショックだったけど、別に気持ち悪いとかさ、そういう感じはなかったんだ。尚都のあのツラのせいかな……」

「可愛いもんね」

「当たり前みたいだったな……」

そこにいて当たり前のような、もともとの居場所のような、そんな印象だった。と小さく徹は呟いた。

「ちょっとだけ、いいかって気になってきた」

「もっと思いなさいよ。そうしたら、明日は、いいんじゃないかと思えるわよ。うそも百回言うと本当になるんだって」

「なんか……美加子ってすげぇな……」

「ふふん。惚れ直したでしょ」

楽しそうな美加子に、徹はぽつりと呟いた。

「怖《こえ》ぇよ」

「……」

乱暴に右折されて、徹はしたたかガラスに頭をぶつけた。

一番近いサービスエリアで待ち合わせをした二台は、無事に定刻の五分前に合流を果たし、連なってサーキットを目指していた。徹の運転するバンの後ろを、つかず離れずといった調子で志賀の車は走っており、助手席には当然のように尚都が収まっている。

「追い抜いて、先に行っちゃおうよ」

尚都はメーターを覗き込み、不満そうな声を出した。

「駄目だ」

「ケチ」

右側の車線を、自分が乗っているのよりも安い車が飛んで行くのを見る度に、なんとなく悔しい気分になってしまう。

運転しているのが志賀でなければ、きっとそんなふうには思わないのだろうが、何しろ、ドライバーは尚都自慢の志賀恭明である。たとえ高速道路であっても、乗っているのがバイクでなくても、そこいらの素人《しろうと》に負けるのは楽しくなかった。

ふと、前を走るバンの助手席から美加子が振り返り、ひらひらと手を振ってきた。特に用はないようで、すぐに顔は見えなくなった。

「なんか楽しそう……」

彼女の態度は今までと何ら変わりがない。それどころか、徹の説得さえ成功させた。具体的に彼女が徹に何を言ったかまでは聞いていないが、あの三日後に美加子同伴で会いに来た徹が、仕方ねぇやと笑ってくれたのは驚きだったし、それ以上に嬉しいことでもあった。

今朝、志賀に会ったときに何か言いたそうにはしていたが、ひとまず悪感情はないようなので尚都は安心している。頻繁に志賀のマンションに通っていることを美加子がからかっても、苦笑いをしながら、傍観しているだけだった。

そんなものかと、尚都は拍子抜けさえした。

「俺……志賀さんが仕事でいない以外は、ずっと泊まりに行ってたんだな……」

指折り数えて尚都は感心した。

甘いくせに放任な両親は、息子がこの二週間で人のところに八泊して、そこから学校に通っていても別に気にしていないようだった。行き先が知れているせいもあるだろうが、尚都の母が志賀のことを気に入っていることも大きいだろう。

しかし、にこにこと見送ってくれる彼女の顔を見る度に、尚都は少しばかりの後ろめたさを感じるのだ。

志賀のところへ尚都が行くのを、徹のところへ行くのと同じように彼女は考えている。レースのビデオや雑誌を見たり、話をしたりしているのだと信じて疑わない。確かに、そういうこともしているが、けっしてそれだけではなかった。

「志賀さんなら安心だわ、とか言うんだよな。本当のこと知ったらショック死するかも……」

「それは困るな」

「だったら痕つけんなよ。この間、体育のとき苦労したんだぞ」

いくら志賀に痕はつけるなと言っても、最低どこか一ヶ所には必ず残してくれるのだ。本当に隠す気があるのかというほどに、それは必ずで、しかも痛いほど強くつけるから、容易に消えることもない。

「見付かったら、ぶつけたとでも言えばいいだろう」

「腿の内側強打する奴がいるかっ！」

思わず怒鳴ってしまってから、志賀が笑っているのに気付いて、尚都は落ち着くために深呼吸を繰り返した。むきになって噛みついていくから、面白がってからかわれるのだと知っていても、ついいつも乗ってしまう。

おかげで、レース前だというのに緊張感のかけらもない。まして今回は、周囲の注目を集めてしまうことがわかりきっているのに、この気楽さはどういうことだろうか。緊張どころか、遠足に行く子供のようにわくわくしているのが自覚できる。

楽しんで走れそうな、そんな予感がした。

「カントク。一桁《ひとけた》入賞したら、何かくれる？」

「そうだな。表彰台をゲットしたら、やってもいいかな」

簡単に返されて、尚都はうっと言葉に詰まった。

確かに志賀恭明がついているのだから、それくらいの成績を収めないと格好がつかないとは思う。取材される上でもそのほうが様になるだろう。だからといって、表彰台の常連だった人に、一桁で喜んでいる者の苦労はわかるまい。

「予選通過するんだって、けっこう大変なのに、そんなの絶対ムリだよ」

「可能性がなかったら言わないぞ」

「また、そういうこと言う……」

溜め息をつきながらも、頭のどこかでいけるかもしれないと思い始めている自分がいた。あまりにも志賀がさらりと言うものだから、ついそんなような気になってしまうのだ。

よし、と尚都は頷いた。

「俺がお立ち台乗ったら、志賀さんは絶対に今年のタイトル取らなきゃ駄目なんだぞ。乗らなくても取らなきゃ駄目だけどさ」

交換条件にもならないことを言って、尚都は勝手に話を終わらせてしまったが、とりあえず奮起したことは確かだった。

「尚都くん、どうです？」

並んでレースを見ていた美加子は、声の通りそうなときを見計らって、隣にいる志賀を見上げた。

「どう、ってのは？」

いつも通りの変わらない表情で、志賀は問い返してきた。

「二人でいるときって、どういう態度とるんです？　まさか、あのまんまじゃないですよね」

「あのまんまだ」

「……なるほど……らしいといえばらしいわ。尚都くんの甘えって、相手にどれだけワガママ通すかですからね。いっぱい通されてません？」

問えば、志賀は黙って笑った。

「家より志賀さんのとこにいるほうが多いって聞きましたよ。やっぱり可愛いですかって、こんなのヤボの聞くことだなぁ……今のナシにして下さい」

コンクリートのウォールから腕を伸ばして、美加子は走り抜ける尚都にボードを見せる。いくらストレートだったとはいえ、レース中に右手を離して手を振ってみせた尚都は、やはり基本的には変わっていないのだ。

「後で叱って下さいよ、あれ」

「そうだな」

本当に叱る気があるのかというほどの表情で、志賀は頷くだけは頷いていた。

さすが、でき上がったばかりのカップルだと美加子は感心した。こんな甘さは、いかにも付き合い始め、という感じだ。

「いいなぁ。尚都くん、身も心も満たされちゃって、ここんとこ悔しいくらいキレイになっちゃって……」

冗談めかして美加子が喋っているうちに、トップが独走態勢で最終コーナーを立ち上がってきた。チェッカーが振られ、続いてデッドヒートを繰り広げた二位と三位が、順位を入れ替えることなくゴールをする。

「追いついた……!」

状況をいち早く読み取って、志賀は最終コーナーのほうへ目をこらした。

四位と、それに続く尚都がテール・トゥ・ノーズで立ち上がってくるのが見えた。倒し込んだマシンを立てた瞬間に、ためらうことなく尚都はすっと前に出て、そのままコントロールラインを通過した。

「尚都くんたら、あんなワザを……」

明らかに大袈裟に言って、美加子は目頭を押さえる演技をする。

クールダウンラップに入った尚都が、プラットホームの志賀の前を走り抜けるときにヘルメットのシールドを上げて、一瞬だけ目を合わせてきた。

結果に、不満はないようだった。

表彰台こそ逃したが、そのレース結果も内容も尚都にとって過去最高のものだったからだ。

「惚れ直しました？」

ピットロードを横切って戻る途中で、探るように美加子は尋ねた。

少し先を行く志賀が振り返り、見惚《みほ》れるような笑みを浮かべる。本当に見惚れて、美加子は思わず足を止めてしまい、次の瞬間に慌てて動きだしてピットに飛び込んで行った。


四位という暫定結果でレースを終え、いつものようにマシンを徹に預けると、尚都は志賀のところに戻って行く。

正式な結果は、入賞車両のチェックが済んだ後に発表されるのだ。

「なんとか格好ついたー……」

ヘルメットを抱えたまま、尚都は志賀を見上げて大息をついた。それなりにプレッシャーはあったし、疲れもあった。

「表彰台、逃がしちゃったけどさ」

それでも、あれは尚都の今の精一杯だ。わかっているから、志賀も黙って頷いてくれた。実際、注目の中でのレースとは思えないほど尚都は平静を保っていられたと思う。

朝から何度、知らない人に話しかけられたかもう覚えていない。大抵は志賀がさばいてくれたのだが、それだけ人の興味を集めたのは確かだし、中には言葉もなくただ不躾《ぶしつけ》にじろじろと見ていくだけの者もいた。

こうしている今でさえ、視線は感じる。

「志賀さんて、こんな視線の中で生きてんだな。もう慣れちゃったとか？」

「かもな」

尚都を促してこの場から去ろうとすると、こちらを見ながら寄ってくる森谷の姿が目に入った。無視するわけにはいかないから、仕方なく追いついてくるのを待ってやる。

いつものように愛想を振り撒《ま》きながら、森谷は言った。

「おめでとう。せっかく表彰台だったのに、残念だったね」

「はぁ……？」

「あれ、まだ聞いてない？　二位になった子、ウォーミングアップ・ラップで追い越しやっちゃってたらしくて、ペナルティだって。君、繰り上がって三位になるんじゃないかなぁ」

ぴたりと、レーシングブーツの足が止まった。

「三位……」

信じられない気分で呟き、尚都は何度も瞬きを繰り返して森谷を見て、それから志賀を見上げる。

もう、仮とはいえ表彰式は済んでしまい、サーキットは次のカテゴリーのために動き始めてしまっているから、あの稼働式の台に尚都が乗ることはできない。他人のミスで転がり込んだリザルトといってしまえばそれまでだ。しかし、三位には違いなかった。

「志賀さんて、いつもこんな気分味わってんだ。いいなぁ……」

「もっと早ければ表彰台に乗れたのに、惜しかったな」

背中を軽く叩くようにして合図を送ると、思い出したように尚都の足は動き出した。

「うーん。でも、いいや。嬉しいけどさ、なんか人前出るの苦手だし、喋れないから、ちょうどよかったかもしんない」

「そうなの？　けっこう好きそうに見えるけどねぇ。てっきりお祭り少年かと思ってたら、違うんだ？」

当然のように、森谷も一緒になってついてくる。予告していた通り、これから取材をするつもりらしい。

写真は朝からもう何枚か撮られていたから、あとはそのコーナー恒例の私服姿と、レース後のコメントを取るくらいだろう。この私服カットのために、わざわざ美加子は尚都の家まで行き、親に了承を得て尚都の服を物色したというのだから、その根性の入り方には感心してしまう。

「ま、何にせよ記事の書きがいがあるよ。今だから言うけど、大した成績じゃなかったらカッコつかないなって、思ってたんだ。どうせ載せるなら上位のほうが様になるじゃない？」

曖昧《あいまい》に返事をしながら、尚都はじっと森谷の手元を見つめた。

「森谷さんてカメラマンじゃないですよね」

「うん。違うよ」

頷きながらも、しっかりとその手には高そうなカメラがあった。そういえば、初めて会った全日本のサーキットでもこのカメラを持っていたことを尚都は思い出す。

じっとカメラを見ていると、気付いて森谷はああ、と笑った。

「これはね、趣味なんだよ。あんまりうまくはないんだけど、たまにはね、使ってもらえるものも撮れるんだ。君のも撮ったから、いい絵があったらあげるよ」

「へぇ……」

少し楽しいことかもしれなかった。自分の走りがどんなふうに見えるのか、興味がないと言えばうそになる。しかし自分の写真よりも、もっと欲しいものが尚都にはあった。

「志賀さんの写真は撮ってないんですか。フォームがキレイだから、様になるじゃん？　ノービスのときのとか……あ、俺ね、去年のRSのカラーリング好きだったんだ」

そう言って尚都は志賀を振り返る。

「あるよ。いっぱい」

森谷の声がした途端、気のせいか志賀の表情が困惑気味になる。しかし大した変化ではなかったから、あまり気にせずそのまま忘れることにした。そんなことよりも、あると言った森谷の言葉のほうが魅力だったのだ。

「会心のできがあるんだよ。去年の最終戦の最終ラップ、ダンロップのアプローチでね、これが我ながらいい写真なんだ。今度、あげるよ」

「でっかいのがいいな」

「じゃあ、お祝いにプレゼントしよう。パネルにしてね」

にこにこと笑う森谷に、尚都を挟んだ向こう側から志賀の不機嫌な声が飛んだ。

「まだ、撮ってたんですか」

「まぁね。おかげで、私服姿のショットは僕の仕事になったよ。走ってるところを撮るほうが好きだけど、なかなかそっちは趣味の域でしかできなくてね。これは才能ってやつだかもうしょうがないんだろうね。……あ、でも中原くんは可愛いから、こいつも喜んでくれるかな」

何気ない言い方だったが、志賀が不穏な空気をまとわせたのがわかり、ますます森谷はにこやかな笑みを浮かべた。

あるいは、森谷は気付いているのかもしれない。

「私服の志賀くんとツーショットってことでいいかな。そのほうがきっとウケると思うし。君たちだと、どこのファッション誌かと思っちゃうよね」

楽しげな森谷の表情からは何も読み取れない。ある意味で志賀よりも遥《はる》かに、腹を探るのが難しい人種かもしれなかった。

嘆息し、志賀は曇り始めていた空が少し暗くなってきたのを見上げた。

ささやかな内輪だけの祝賀会は、以前と同じ四人の顔ぶれで、やはり徹の家の二階で行われた。

尚都の家という案も出たのだが、志賀を異常に気に入っている人物がいるのを尚都が嫌がり、結局はまったく同じ状況になったのだ。

違うのは、志賀が抜けやすいものしか口にしなかったことだ。しかも、ほんの少量で、もうずいぶんと時間も経《た》っている。

「今日は全然飲みませんね」

「志賀さん、明日は用事があるから帰るんだってさ。だから俺も一緒に出る」

軽い炭酸割りを飲みながら言ったことが、果たして了承済みなのかどうかはわからないが、とにかく志賀が何も言わなかったのは確かだった。

「おいおい、逆方向じゃねぇのか。迷惑だろが。お前は美加子が送ってくか、うちに泊まる

「帰るっつったら帰る。あ、そうだ。三位のお祝いはそれにしよう。志賀さんが車で送ってくれる。決まりーっ」

珍しく、悪酔いしている様子だ。よほど今日の成績が嬉しかったのだろうが、それにしても迷惑なことだろうと徹は苦笑いをする。

「酔っぱらいの言うことなんだから、聞いてやることたねぇよ。多少ギャーギャーうるせぇかもしんないけど、なんとかしとくし」

気を遣って徹が言えば、少し笑って志賀は仕方なさそうに尚都を見やった。その目が、確かに美加子の言うように『違う』と今なら徹にもわかった。

「ずいぶん安い入賞祝いだな。尚都」

「こないだの志賀さんの優勝祝いは豪勢だったよなー」

声を立てて、尚都は笑った。素面《しらふ》ではとても言いそうにないことだった。

「尚都くん、何あげたの？」

「俺ー」

あっけらかんとした答えが返ってきて、さすがに美加子も一瞬だけ絶句していた。彼女にとって特に驚くほどのセリフでもなかったはずだが、言ったのが尚都だったことが言葉を失わせたらしい。

隣にいた徹は、はぁ、と溜め息をついた。

いち早く立ち直り、美加子は苦笑しながら言った。

「なんか、今日の尚都くんなら何を聞いても答えてくれそうだわ。ブレーキ故障しちゃってますよ、志賀さん。どうします？」

「リタイアかな」

「そうですね。あたしも明日、仕事だし。そろそろ帰ろっかな」

「えーっ」

不満そうな尚都を全員が無視して、それからすぐにお開きとなった。後片付けは徹と美加子がするとして、今日の主役を送る羽目になった志賀を玄関先まで見送った。

まだ、日付が変わるまでには二時間ほどあるが、雨は止《や》む気配を見せなかった。

サーキットにも、あの後まもなくしてかなり強い雨が降ってきてしまったのだ。ウェットが嫌いな――好きな者はそういないだろうが――尚都にとって、あれはラッキーの一言に尽きるタイミングだった。

「運がいいんだよな。昔から尚都ってさ」

暗い空を見上げながら、徹が呟く。

あの後のレースでは転倒車が続出して、そのうちの二人は救急車で運ばれていってしまうほどの怪我《けが》をした。一概に雨のせいだとは言わないが、ドライよりもコンディションが悪いのは紛れもない事実だ。

しかし尚都は、そんなことなどもうすっかり忘れて、何やら機嫌良さそうに掌で雨粒を受けていた。

「運も実力のうちじゃーん」

「はいはい」

これ以上は付き合う気もなくて、徹は志賀に貸した傘の中に尚都を押し込む。

「おやすみ。じゃあ、こいつよろしく」

「ああ。責任持って届けるよ」

「送り狼《おおかみ》じゃないんですね。あ、もうそんな必要もないか」

美加子の笑い声に送られて、志賀は尚都の肩を抱き寄せるようにして雨の中に出ていく。

それはとても自然に、徹や美加子の目に映っていた。

何とか学校までやってきた尚都は、それでも席に着くと机に突っ伏して、ガンガンと痛む頭を抱えていた。何度も休もうと思ったが、レースの度に休んでいたのではいろいろと不都合が出てくるので、こうして頑張って受けたくもない授業を受けに来たのである。

「どうした？」

話しかけられて、尚都はのろのろと顔を上げた。

「昨日、調子に乗って飲んじゃってさ……もう頭ガンガン」

「バッカだなー」

からからと笑いながら、その友達は空いている前の席に、尚都のほうを向いて座った。それなりに話はするが、親しいかと言われたら即答できない、曖昧なポジションの友達だ。

「なぁ、ところでさ。年上のカノジョいるって本当か？」

「は……？」

突拍子もないことを言われて、尚都はじっと友達の顔を見てしまった。

どこからそんな話が出てきたのかさっぱりわからない。美加子が従兄弟の彼女であるくらい、もう大抵の者が知っているのだ。

「けっこう噂《うわさ》になってんぞ。最近、家から通ってないんだってな。行き帰りも逆方向だっていうじゃん。一人暮らしの女子大生かＯＬんとこに入り浸ってるんじゃないかって、あっちこっちで言ってるぜ」

「……何でそうなるんだよ」

凄んでみせるが、一人暮らしのライダーのところに入り浸っていたのは真実であるから、あまり強くは出られなかった。

「違うのか？」

「……違う」

即答できなかった尚都をじろじろと見て、彼は続けた。

「ふーん……まぁ、そうだよな。いや、ほれ、最近お前が妙に楽しそうっていうか、浮かれてっからさ、こいつは信憑性《しんぴょうせい》あるかなーとか思ってたんだけど、もしそうなら隠す必要なんかねぇもんな——」

壊れたロボットのように何度も尚都は頷いた。本当のことがバレようものなら、尚都はもう二度と学校へは来られない。開き直れるほど肝は据わっていないのだ。

「お前、バイクばっかだしな……あ、そーだ」

ふと思いついたといったように、彼は一度天井を見て、それから尚都に視線を戻した。

「中原ってレースやってんだよな。昨日、事故あったろ。レーサーが大怪我したって」

「あ、うん。雨だったからな。俺んときはまだドライだったんだけど……でさ、昨日のレースで俺、三位になったんだ」

誰かに言いたくて、たまらなかった。それがどんなに凄いことなのか、相手が理解してくれないとしても、聞いて欲しい。

百台に近い予選出場の中から、前にたった二人しかいないポジションを得ることができたのだ。二日酔いなど、それを思ったら大したことではないと思う。

「へぇ……やっぱ、それって凄いんだろ」

「うん」

頷いてから、尚都はあれと小首を傾《かし》げた。

「なんで、事故のこと知ってんの」

「新聞に載ってたぜ。うち、スポーツ新聞とってんの。F1とかバイクとか、すげー詳しく載っててさ」

「ああ……でも地方レースまで載るなんて凄いな」

言いかけて、尚都はまた引っかかるものを感じた。

そんなに詳しいスポーツ新聞は一つしかないから、おそらくWGPや全日本の翌日に尚都が売店で買うものと同じだろう。しかし、今まで見た限りで地方選手権が載っていたことはなかったように思う。

日本のモータースポーツに対する認識度はあまりにも低い。四輪はまだマシだが、二輪の地位の低さは感心するばかりだ。世界に誇る四大メーカーを持ち、世界チャンピオンを出しながら、事故以外でニュース扱いを受けることはほとんどないのだ。ひどい話になると、二輪のロードレースとオートレースを勘違いしているケースもあるくらいで、れっきとしたスポーツであり、選手権であることを理解してもらえない。日本人のチャンピオンが国内より国外で知られているというのも変な話だ。

もう少し理解が深まれば、ライダーの地位だって高くなるだろうにと尚都は思う。そうすれば、志賀だってもっと優遇されるはずなのだ。しかしその反面、ブームに乗せられるようなファンが増えることを歓迎できないのもまた本音だった。

ぼんやりと、そんなことを考えていた尚都は、危うく友達の言葉を聞き逃すところだった。

「レースじゃねぇよ」

「え……？」

「普通の道だぜ？　昨日、遅くにさ、バイクのレーサーが車で事故ったとか書いてあったんだ。再起不能みたいなこと書かれてた。その筋じゃ有名な人らしいから、お前なら知ってるかなと思ってたんだけど、知らねぇ？　けっこう、近くだったみたいだぜ」

「……誰……？」

声が震えているのがよくわかった。まさかそんなことはないと思いながらも、合致する符号に怯《おび》える自分を押し止《とど》めることができない。

「どうしたんだよ……？」

「いいから、誰だった……！」

相手に掴みかかって、尚都は叫んだ。

「おい、中原……」

襟元を掴む尚都の手を外させようと、その手に触れ、初めて尚都が震えているのに気付いた相手が、怪訝そうに見つめ返してくる。

「……志賀って人じゃ、ないよな……？」

「悪い……名前まで覚えてねぇわ。そう言われると、そうだったかもしれないけど……」

瞬間、尚都は手を離し、教室を飛び出していた。バッグを忘れなかったのは、それでも頭の中の何パーセントかがまだ冷静だからだ。

友達の呼ぶ声も無視して、尚都は逸《はや》る心で昇降口に向かった。ちょうど登校してくる生徒たちの流れに逆流する形となり、血相を変えて朝から帰ろうとしている尚都を、皆は不思議そうに見ていた。

校門を出て、最初の電話ボックスに尚都は飛び込んだ。学校内の電話のほうがずっと近いのに、何故か足はこちらに向いた。

バッグの中に手を突っ込んで掻き回すが、慌てる手はなかなか思うものを探し当ててはくれなかった。焦れば焦るほど、手が上手《うま》く動かない。

ようやく、指先が一枚の紙を見付け、勢いよくそれを引っ張り出す。

もらった名刺の電話番号を、間違えないように押すのが尚都には精一杯だった。

指定された場所で尚都が待つこと十五分で、見覚えのある車は現れた。二週間前にパドックからホテルまでの移動に乗せてもらった車だった。

あのときと同じように助手席に乗り込むと、すぐに森谷はブレーキから足を離した。

「ごめんね。ちょっと混《こ》んでて」

「あ、いえ……それより、来てもらっちゃってすいません……」

「通り道だったから別にいいよ。見舞いに行くのも、実は仕事の一環ていえないこともないしね……」

「そうなんですか」

俯《うつむ》く尚都は、森谷の目にいつもより小さく見えた。聞きたいのに、怖くて切り出せないでいるといったようなジレンマを、尚都は全身で表している。

「そんなに死にそうな顔しなくても、大丈夫だよ」

「だって……新聞に、再起不能って……」

「それはいくらなんでも大袈裟だよ。ああいうのって、すぐ再起不能にしちゃうんだよね。

そう新聞に書かれて、今もちゃんと走ってるライダーはいるよ」

「じゃ、怪我はそんなにひどくないんだ……？」

渋滞の間に垣間《かいま》見た尚都の顔は、少し明るくなっていた。

中途半端に喜ばせておくのは森谷としても胸に引っかかるものがあったので、早々にわかっている現状を口にする。

「とりあえず、今年のチャンプの座が逃げてったのは確かだよ。登沢に何かない限りはね。それに、WGP行きのチケットも微妙なとこだ。足は別になんともないって聞いてるけど、肩と手を怪我したみたいなんだよ。特に、手……右を骨折したらしいけど、実は神経痛めたって噂もちらほら出ててね。もしそれが本当なら、決定的だな」

森谷の言葉に、みるみる尚都はうなだれていく。

気休めを口にするのは簡単だ。しかし、どう取り繕ったところで現実が変わることはないし、いずれわかることでもある。

だから森谷は、淡々とした口調で続けた。

「場合によっては、ワークスマシンも失うかもしれない」

「そんな……」

「順番待ちみたいなとこあるからね。特にあのクラスは速いのが揃《そろ》ってるし、志賀くんが今までのように走れなくなるなら、それも仕方ないよ。十代の元気のいいのが下からワンサカ出てきてるんだから、志賀くんを待ってる理由もないし……。ま、それはあくまで、ライディングに影響するような怪我であればの話だよ。まだわからないんだから」

森谷はフォローするように最後を強調した。

どのみち、来年の第一戦には充分に間に合うはずなのだ。しかし、そのときにまた元のようなプライベーターから始めなければならないこともない可能性ではなかった。

すべては今後の経過と、結果次第だが、実力が伯仲し、次々と才能のあるライダーが昇格してくる現状にあって、限りあるワークスマシンのシートが一人の男を待ってはくれないのは確かだろう。

これが、世界のトップレベルの逸材ならば話は別なのだ。現に、怪我をしたライダーにあわせ、足で行う操作を手で行えるようにマシンを開発した例もある。しかしたった一人のために、それ用のマシンを開発してくれるなどというのは、よほどでなくては無理な話だ。

「ま、正確なことはまだ摑んでないのが本当のところだけどね。けっこう、この世界の中でも噂って曲がるから……昔、T選手が首の骨を折ったときも死亡説が流れたくらいだし」

その後しっかりと活躍をし、優勝もしてみせた選手だった。しかし、今の尚都には、そんな言葉も空々しく聞こえることだろう。

「……俺を送って、帰る途中だったんだ……」

小さな声が、ぽつりと呟いた。

「そう」

無機質な声で森谷は相槌《あいづち》を打つ。同情的でもなく、批判的でもない、ただ聞いているといった調子で。

森谷はそれ以上、何も言わず、尚都も口を開くことはなかった。


「中原くん。おいで」

病室のドアが開いて、中から森谷が手招きをした。廊下で待っていた尚都は、しかしすぐに動くことができずにいた。

「志賀くんが呼んでる」

そう言われて初めて、尚都は緩慢な動作で足を進めた。

ドアをくぐるとき、『志賀恭明』というプレートが目に入った。六つあるベッドの中に、四つカーテンの引かれているところがあり、そのうちの一つには、こんなところにいてはいけない人がいるのだ。

森谷と一緒に、向かって右側の一番奥のカーテンの中に入ると、白いベッドの上に身体を起こして待つ志賀がいた。

尚都を見て、彼は苦笑まじりの溜め息をつく。

「本当に、死にそうな顔だな」

思い余って、学校を出てきてまで病院に同行したものの、尚都はどうしても病室に入ることができず、森谷を一人で行かせてしまった。志賀の顔を見る勇気がなかったから、後で話を聞くつもりだったのだ。

「心配ない。肩は脱臼《だっきゅう》しただけだし、手は神経を痛めたらしいが、リハビリで使えるようになるそうだ。入院する必要はないと思ってるくらいなんだ。アメリカあたりなら、とっくに病院から追い出されてる」

ベッドの脇《わき》に立ち尽くし、尚都は黙ったまま志賀の言葉を聞いていた。

構えていたほど、志賀は滅入った様子もなく、むしろ気遣う素振りさえ見せてくれる。怪我の状態がそれほど悪くないと思っているからなのか、それともすでに自分の中でこの怪我を昇華してしまっているのか、どちらにしても、それが余計に尚都を切ない気分にさせるのだけは確かだった。

促されるまま椅子に掛けると、森谷が聞いたばかりの事故の状況を話してくれた。居眠り運転のトラックが、反対車線から急に突っ込んできて進路を塞いでしまい、志賀がとっさに踏んだブレーキは、少しスピードを出していたのと雨のせいもあって、衝突を防ぐことができなかったのだという。

「こっちも制限速度をかなりオーバーしてたからな。相手のせいばかりじゃない」

淡々とした、いつも通りの冷静な口調だ。

だが悔しくないはずはない。サーキットでの事故なら、まだ納得はできるだろう。しかし、事故は公道で、しかも相手の責任が多分に大きいのだ。

こんなことで、得られたはずのタイトルや世界への道を棒に振っていいはずがなかった。

たとえ志賀自身が納得したとしても、尚都はできない。

志賀恭明は今までも、そしてこれからも、誰の期待も裏切らない結果を残していくのだと信じていたのに。

「ごめん……」

「なんで謝るんだ」

「だって俺、無理言って志賀さんに家まで送らせた……美加さんに送ってもらえばよかったのに……そうしたら、事故なんて……」

「それでも起こったかもしれない」

間髪を入れずに答える志賀に、尚都の言葉は遮られた。

「もしかしたら、彼女のほうが事故に遭ってたかもしれない。あれが彼女の軽自動車だったら、もっとひどい事故になってたぞ」

そうかもしれないと、言われれば思うことはできる。だが、負った傷に巻かれる白い包帯を目の前にすれば、ぎりぎりと身体の中のどこかが確かに痛むのだ。

　こちらのほうがよかったのだとは、どうしても思えない。

　それに志賀は優しい男だから、尚都を傷つけまいと、得意ではない言葉を尽くしてくれているのだろう。

「最終戦には、出る」

　ふいの言葉に、尚都は思わず顔を上げた。

「でもあと一ヶ月しか……」

「二十四ポイント以上の差がつかない限り、可能性がゼロになるわけじゃないだろう」

「でもね、志賀くん。こんなこと言っちゃなんだけど、その手で登沢に勝てる可能性は少ないよ。タイトルがなきゃ、WGPに行けないってわけでもないんだし。だったら、治療に専念したほうがいいんじゃない。もっとはっきり言えば、たとえタイトルを取っても、この手が使えないならWGPには行けないよ」

　いっそ冷淡なくらいに事実を口にする森谷は、すでにRW誌の記者としてではなくここにいる。ノービス時代のメカニックとしての私情なのか、この病室に尚都と共に来た時点で、仕事でなくなっていたのは明らかだった。

　じっと見つめる尚都の前で、志賀は目を閉じ、はっきりと答える。

「わかってます」

「そう。なら、止めない。とりあえず『RW』の森谷記者としては、頑張って下さいとしか言えないな」

カーテンを割って、森谷が出ていく気配を見せる。

「一階、入って来たとこで待ってるから」

最後のほうはもう、カーテンの向こうから聞こえていた。それからまもなくして、ドアの開閉の音がした。

どうしていいのかわからなくなって、尚都は自分の手元に目を落とす。

「そんなに深刻になるな」

無事なほうの手を伸ばして、志賀は尚都の髪を軽く搔き回した。

「これくらいで潰《つぶ》れる男だと思ってるのか」

志賀の問いに、尚都はかぶりを振るだけの返事をした。それは信じているというよりも、とっさにそれ以外の反応が示せなかっただけだった。

「なら、こっちを見ろ」

ゆっくりと顔を上げた尚都の後頭部に手を添えて引き寄せ、あまり動きを大きく取れない志賀は、軽く合わせるだけのキスをした。

子供をあやすような、宥めるためのキスだった。

「少し遅れるだけだ」

「……うん」

尚都の顔には一片の笑みもない。まるで世界の終わりのような顔だと、志賀は思った。

こんなふうに、二度と走れないような顔をされてしまうと、掛けるべき言葉がなくなってしまう。本当なら慰められる立場にあるのは志賀のほうなのだが、彼は最初から慰めの言葉など必要としていない。こういうことは自分で昇華する以外ないと知っているし、必ず戻れるはずだと信じていたからだ。

それよりも尚都が心配だった。

「お前を送っていくときでなくてよかった」

「志賀さん……」

泣きそうな顔をした尚都だったが、それでも涙をこぼすことはこらえ、睨《にら》むようにして真っ白なシーツを見つめていた。

尚都はそれから少しの間、黙って志賀の左手を両の手で握っていたが、やがて気が済んだのか、溜めていた息を吐くようにして椅子から立ち上がった。

「今日は……帰る……」

「気にするんじゃないぞ」

それに対しては尚都は曖昧に頷いて、何度も振り返りながらカーテンの向こうへと消えていった。

病室から尚都が出ていったのを確認すると、志賀は今まで見せることのなかった苦い表情を端整な顔に滲ませる。

そうして視線を、手術をしたばかりの右手に向けた。

この怪我がどれほどのものかは、まだわからない。手術をしてくれた医者は、この右手がハード・ブレーキングにどんなふうに影響するかもわかっていないのだ。

麻酔の切れて久しい手には、はっきりと痺れが残っている。

力を入れようとすると、ひどく痛む。

この痺れや痛みが、あと一ヶ月足らずでどうにかなるとは思えなかった。思えなかったが、今はそう信じたかった。

一歩違いで行ってしまったバスの後ろ姿を見つめて、尚都は溜め息と共に、脱力した背中をコンクリートの塀に預けた。いつもなら舌打ちの一つもしたところだったが、生憎《あいにく》と今はそんな気力もありはしない。

こうして学校に来ているのでさえ、じっとしているのが嫌という、ただそれだけの理由だった。

バス停でぼんやりと、まだしばらくは来そうもないバスを待っていると、ふいにクラクションが短く鳴って、みず色の軽自動車が尚都の前に止まった。

「美加さん……」

小さな車の中から、美加子が手招きをしていた。通勤に車を使っているのは知っていたから、会社帰りなのだろうと、漠然と尚都は思う。

「志賀さんとこに行くんでしょ。乗っけてってあげる」

「うん、でも、すぐにバス来るし」

「行ったばっかじゃない。ほらほら、早く乗って。こんなとこにいつまでも止まってたら怒られちゃうのよ」

いつものように強引に承諾させられて、尚都は急いで軽自動車に乗り込んだ。下校する生徒たちが数人こちらを見ているのを知っていたから、あまり悠長なことはしたくなかったのだ。

「志賀さん、どんな感じ？」

天気の話でもするように、さらりと美加子は口にした。そのほうが少しでも尚都が楽だろうという気遣いなのはわかっていた。

答えを返すまでには、常にはない時間が必要だった。

「……いつも通りだよ」

尚都の表情は、嬉しさからは最も遠い感情に歪《ゆが》められている。

「一昨日から会ってないけど……それまでは、本当にいつものままなんだ。毎日、リハビリして、いつものトレーニングメニューこなして……。何も言わない。傷の具合がいいとも悪いとも、なんにも言ってくれないんだ。俺なんか、いてもいなくても、いいみたいでさ。だから、あんまりマンションには行ってない」

「どうして？　つらいに決まってるじゃない。側にいてあげないの？」

「志賀さんは誰の手も必要としないんだよ、きっと。すごく強いんだ。俺が近くにいたって、何もしてあげられない。かえって気を遣わせて、邪魔になってるだけだよ」

「そんなこと……」

言いかけた美加子は、しかし最後まで言いはしなかった。

無責任な言葉は口にしないのが彼女のスタンスだ。否定をすることができるのは、志賀自身だというくらい、互いにわかっていた。

「志賀さん、もともとあんまり喋らないけど、どんどん口数が少なくなってる。最近じゃ、当たり障りのないことしか、お互い言わない。一緒にいると、息苦しい気がするんだ」

こんなふうになるなんて、事故当初ですら考えていなかった。時間が経てば経つだけ、流れる空気が重たくなってくるような気がした。

「……今日は、それでも行くの？」

「うん……事故ってから初めて走って、帰ってくるから」

サーキット走行に出かけているのだと尚都は説明した。

結果と直面するのは怖かったが、そういう約束になっているのだから仕方がない。

今頃は、もう戻ってきているはずだった。

「つらい？」

答えることに、尚都は迷いを見せた。

「……志賀さんを見てるのが、ちょっとつらい……」

小さな声でそう言うのが精一杯だった。


暗証番号をクリアしてエントランスを通り、エレベーターで七階まで行く。

志賀に開けてもらう気にはなれなかったので、もらったキーでドアを開けた。

中は、真っ暗だった。

まだ帰っていないのかとも思ったが、手探りでスイッチを探して玄関の明かりを点《つ》けると、足元には志賀の靴が置いてあった。

ならば、この暗がりの中に彼はいるのだ。

このまま、帰ってしまいたかった。たとえば疲れて眠ってしまったというのなら、それでいい。だが、そうでないのなら、尚都は結果を聞きたくはなかった。なのに、どうしても足は部屋の中へと進んでいってしまう。

慣れてきた目に、部屋は薄暗がりへと変わった。

広いワンルームはフローリングで、窓のない壁際には低いベッドが置かれている。ニュースやロードレースを見る他はあまり使わないテレビやビデオと、本やバイク雑誌の並ぶ本棚くらいしか、家財道具といえる代物は見当たらない。

カーテンも引かれていないその殺風景な部屋で、志賀は尚都に振り向きもせず床に座っていた。

「志賀さん……？」

とても明かりを点ける気にはならない。そっと回り込んで、正面からは外れたところに膝をついても、影の落ちた表情を見ることはできなかった。

「……最終戦には出るなと、言われた」

抑揚のない声が、掠《かす》れて聞こえた。つまり、それは出場させられないほどのタイムだったということだ。

十月終わりの最終戦までもう十日もない。それまでに怪我の具合が急によくなるとは、とうてい考えられなかった。

「じゃ、出ないんだ……？」

どこかで安堵《あんど》している自分がいることに、尚都は気付かない振りをする。しかし、志賀が否定の動作を見せたことで、それはごまかしきれないものになった。

出て欲しくないと、尚都は思っていた。

「それでも、出る」

「なんで……？」

問いかけても、志賀からの答えはなかった。いくら待っても、何も言ってくれない。だからそれ以上、何も訊《き》くことはできなかった。

意地なのだろうか。それとも、走らなければ自分を保っていられないと、彼はそう思っているのだろうか。

沈黙の落ちる暗い部屋の中は、身動き一つ取れないほどに張り詰めた空気で支配されている。呼吸すら、思うようにはならない。ただ、時計が秒を刻む規則正しい音だけが、逃げ出したい尚都の鼓膜に響いていた。

空気が波打つのを、尚都は肌で知った。

乱暴に腕を引かれ、そのままフローリングの床に押さえつけられて、嚙みつくようなキスをされる。

こんなキスは初めてだ。一方的に貪るだけのそれは、応じることさえ尚都に忘れさせて、むしろ無意識の抵抗を起こさせる。押し退《の》けようと突《つ》っ撥《ぱ》ねた両手は、手首を摑まれて床に縫い止められた。

志賀の苛立《いらだ》ちを強く感じた。しかし、その中に別の感情を見付けたとき、尚都の全身から力が抜けていった。

ゆっくりと離れる志賀が、何も言わずに尚都を見下ろす。

きしむように、摑まれた右の手首が悲鳴を上げた。

「つ……痛っ……」

顔を歪める尚都は、やがてそれが右だけであることに気付いた。

摑まれているとしか感じない反対側の手首を摑んでいるのは、明かりさえあれば手術の傷跡が見える志賀の手だ。

ふと、痛みが遠のいた。怪我をした右手はしかし、いまだ尚都の手首を摑んでいる。

「これでも、力を入れてるんだ……笑えるだろう？」

自嘲《じちょう》気味に志賀はそう言って口の端を持ち上げる。

力を入れようとすると痛む右手は、たとえ痛み止めを打っても、この程度の握力しか取り戻していないという。左の手と比べて、それは歴然としている。タイムが悪かったのも、これでは当然だ。ブレーキングもままならないこの手では、チームが走るなというのもまた、当然であった。

今のままでは、タイトルどころか予選さえ通るかどうか怪しいものだ。今日の結果を見た誰もがそう思うことを、志賀自身が感じていないわけがない。

そんなことはわかっていた。

自由なほうの手を支えに上体を起こした尚都は、外からの明かりでいくらか見えるようになった志賀の顔をじっと見つめた。

「……俺も、出ないほうがいいと思う。ちゃんと治そうよ。焦んないで、来年のシリーズまでにさ」

「焦ってると思うか……？」

「うん……そう見えるよ」

「そうか……」

呟く志賀を、尚都は我知らず抱きしめていた。抱え込んだ頭が、頼りなげな肩に力なく寄りかかってきて初めて、彼は自分の間違いを悟る。

強いのだと、そう信じていた。あんな事故などは、彼のレース人生にほんの僅《わず》かなブランクしか与えないものなのだと、そう思ってしまっていた。いつまでも引きずっているのは、どうしようもなく弱い自分だけなのだと……。

なのに、こんなにも弱さをさらけ出す志賀がいる。

受け止める自信が、尚都にはなかった。

最終戦の雰囲気が、尚都は好きだった。

この日ばかりはスタンド席も人で埋まり、ゲート付近にパーツメーカーやチームのブースも多く出て、常にない賑《にぎ》わいを見せてくれるからだ。八耐のような大イベントならいざ知らず、今のロードレースの観客数はあまり盛り上がっているとはいえない程度のものだから、たとえば同じ筑波《つくば》で開催される全日本でも、最終戦かそうでないかで動員数はかなりの差がつくのである。

秋のこの最終戦は、ロードレースファンにとって年に最後のイベントだった。

いつもなら、尚都もそんな雰囲気の決勝当日だけに現れて、純粋にレースを楽しんだのだろうが、今日は勝手が違いすぎていた。学校に欠席の連絡を入れてまで予選を見にやってきたというのに、表情はむしろこわばっている。心配だからと、土曜に会社のない美加子が乗せてきてくれたのだが、さしもの彼女も今日は口数少なく尚都の横に控えていた。

このサーキットの中で一番緊張しているのは、自分なのではないだろうか。そう思うほど、尚都は余裕のない顔をしていた。

二五〇ccの公式予選二回目が、たった今、始まった。

人の目が集まる中、まだピットレーンに止まったままだったゼッケン『3』のマシンが、コースへと出ていく。それは、誰もが知っている公道での事故から初めて姿を見せた選手への注目であり、同時に、午前中の予選結果に対する驚きの目でもあった。

落ち着かない雰囲気が周囲に満ちている。午前中の予選で見せた志賀のライディングは、観客の記憶しているものとは違っていた。コンディションの差を考えても、あまりにも悪いタイムとしかいえなかったのだ。

そうして何周目かに入っても、志賀がいつものライディングを見せることはなかった。

ざわめきが収まらない。

「駄目かな、ありゃ」

「多分な。右手やっちまったんだろ？」

「右手？　うわー、きっついなー」

後ろから客が話すのが聞こえてきて、尚都は美加子の目からもはっきりとわかるほど意識をそちらに傾けていた。

バイク雑誌などにも、まだあまり詳しいことは掲載されていないのだ。情報の少なさに、ファンが戸惑っているのがよくわかった。

舌打ちが耳に入り、尚都は膝の上の手を固く握り締めた。

「無理して出ることねぇのにな。出なけりゃ、あのまんまポシャッても伝説になれたかもしんねぇのにさ。これで予選落ちなんてしてみろよ」

「マジかー？　志賀の予選落ちなんてあり得ねーと思ってたぜ」

「今年は登沢で決まりかぁ」

ぼんやりと、尚都はそれを聞いていた、憤りの感情は少しも湧いてはこない。こうして自分をこの席に縛りつけておくのが苦痛だっただけだ。

それから何分かして、予選終了を告げるフラッグが振られた。

「尚都くんっ……！」

堪《たま》らず、尚都は席を立っていた。

美加子が追ってきたが、振り切るようにして尚都は階段を駆け下りた。そのまま走り、ゲートの外へ出た辺りで立ち止まると、間もなくして美加子が追いついてきた。

「尚都くんてばっ」

「もう、嫌だ」

絞り出すように尚都は言った。

「最後まで見たよ。ちゃんと見届けた。だからもう、いいだろ？　これ以上、見たくないんだよ」

生まれて初めての予選落ちは志賀自身にも少なくはない衝撃を与えているだろうが、尚都にとっても、認めたくない事実だった。

絶対だと思っていたものが、崩れていったのだ。

「……帰る」

足元に目を落としたまま、尚都はぽつりと呟いた。

「志賀さんに会わない気？」

尋ねられても、尚都は何も答えなかった。会うとも、会わないとも言わない。だから、それが肯定であることが美加子にも伝わった。

「どうして？　こんなときに、志賀さん見捨てて逃げちゃう気なの？」

「だって……無理だよ、俺……」

ここからは見えるはずもないパドックを振り返り、尚都は無理に笑ってみせる。久しぶりに浮かべた笑みは、あまりにも本来のものからは遠かった。

「俺みたいなガキじゃ、無理なんだよ……」

「……」

言葉がどうしても見付からなくて、美加子はもう一度ゲートをくぐることができなかった。

志賀が解雇されたことを、尚都は年が明けて最初に発売されたＲＷ誌の文字ばかりのページで知った。たくさんニュースが並ぶ中の、たった一段の短い記事だった。

右手の怪我は順調に回復に向かっていると、そこには書かれている。いくらか救われる気持ちで、尚都はとりあえず大判のその雑誌を閉じた。

あれ以来、サーキットはおろか、バイク雑誌を買うことも避けていた尚都だったが、今日届いた大きな郵便物を開けたら、中にこれが入っていたのだ。

差出人は森谷だった。

一度だけ、森谷からは電話があった。せっかく取材をしたが、直後の事故のこともあるので掲載は見合わせるといった内容だった。たったそれだけで、互いに志賀のことには何も触れずに電話を切った。

聞きたくもあったし、聞きたくなくもあったから、自分からそれを口にすることはどうしてもできなかった。

あの予選の日、午前中の予選に出ていく志賀とパドックで一瞬だけ目が合って以来、一度も彼とは会っていなかった。まして言葉を交わしたのは、美加子に送ってもらってマンションに行ったときが最後であった。

尚都は電話をしようとも、会いに行こうともしなかったし、それは志賀にしても一緒だった。徹や美加子とも以前ほどの行き来がなくなったのは、尚都がレースから離れてしまったことが影響しているが、会ったとしても志賀の話が出ることはほとんどないのだ。

この三ヶ月で思い知ったのは、無意識のうちに部屋のコードレスホンを見ている自分の、身勝手な甘さだった。

追ってきてくれるはずだと、どこかで思い上がっていた。必要とされているのなら、自信はなかったけれども、捕まってもいいかと、期待をしていたのだ。そんな都合の良い考えが許されるはずがないのだと、今ならわかる。

どうして、あのときにパドックへ行かなかったのかと、そんな意味のない後悔ばかりを尚都は抱えていた。

会いに行きたくて、学校の近くのバス停に立ったこともあったが、結局のところ一度としてバスに乗ったことはなく、家からバイクを飛ばそうかと考えたことも一度や二度ではなかったが、それもキーを差し込むまでに至らなかった。

時間が経てば経つほど、行動を起こすのは難しくなる。今ではもう、尚都にとって志賀は、以前よりももっと遠い人のようだった。

溜め息をついた尚都の耳に、母親の声が階下から響いてきた。

徹と美加子の来訪をそれは告げていた。

「よっ」

ノックもなく徹がドアを開けるのはいつものことだったから、驚きもせずに尚都は雑誌を脇に押しやった。

「やっほー、久しぶり。相変わらずシケた顔ね、尚都くん」

「どうしたんだよ？　二人揃ってさ」

尚都は上目遣いに二人の顔を見る。用もなくふらりと来たとは思えない雰囲気を感じていたのだが、果たしてそれは思い過ごしではなかったようだ。

裏付けるように瞬間、沈黙が落ちる。

尚都が押しやった雑誌を見やって、徹が不意に言った。

「第一戦、行こう」

「なに……言ってんだよ……」

笑おうとして、頬のあたりが引きつっているのを尚都は自覚していた。行きたいと、心のどこかで思っていたからこその、動揺だった。

「志賀さんの応援に行こうぜ。お前の学校、ちょうど試験休みだろ。行ってさ、第一戦をちゃんと見ててやれよ。志賀さん、待ってるぞ」

「待ってなんかないよ」

大きな溜め息とともに、尚都は吐き捨てる。

「だって電話もくれない」

「自分で逃げ出しといて、よくそんなことが言えるな」

「徹にはわかんねーよ。美加さんとだって、うまくいっててさ……」

「だって努力してるもん」

さらりと、美加子は答えた。

「好きーってだけでいられるのなんて最初のうちだけよ。あとはお互いが頑張らなくちゃ、先なんて知れてるわ。片っぽが寄りかかってばっかだったら歪みが出て当然じゃない」

当たり前だと美加子は言う。しかしそれは、昨日今日でできた考えではないだろう。尚都の知らないところでいろいろとあったのかもしれない。

だが長く徹と付き合った上で彼女なりに出した結論を、まだ経験の浅い尚都にしてみせろといっても無理だ。まして尚都たちは、美加子の言うところの『好きだけでいられる』時期であったはずなのだ。

「……俺、寄っかかってばっかだったのかな……」

「そうかもね」

「けど、俺には支えられないよ……」

「志賀さんは、本来そんなに寄りかかってはこない人だと思うわ。たまたまダメージが強かったときに君が逃げてきちゃうから、こんなことになっちゃったのよ」

「うん……」

「だから尚都くんは、横に立っててあげるだけでいいんじゃないのかな。今だって志賀さん、一人で頑張ってるじゃない。すごく大変だったみたいよ。スポンサーだって、一度は離れちゃったわけだから、リハビリとトレーニングの合間に、そっちのほうも忙しかったらしいし」

意外なことを聞いたように、尚都は目を瞠る。言葉が教えてくれる事実が驚きだったのではなく、それを美加子が知っていることが不思議だった。

尚都の無言の視線は、その疑問を強く訴えていた。

「……あのな、俺や美加子が今まで何も言わなかったのは、別にお前に気を遣ってたわけじゃねぇんだぞ」

答えたのは徹だった。

「志賀さんに頼まれてたからだ」

「え……」

「何回か、俺んとこに電話くれたんだよ」

「徹に……？」

どうして、とは問えなかった。

当たり前のことだ。あんなふうに逃げてしまった相手に、連絡など寄越してくれるはずはない。愛想を尽かされたのだと、そう思わずにはいられなかった。

二度と会ってはもらえない覚悟をしなくてはならなかったのに、そう訴える冷静な部分に反して感情が大丈夫だと信じていた。

「バカヤロ。なんて顔してんだよ」

頭を小突かれても、徹に反応を示してやることもできない。

「最初は考えちまったって、志賀さん言ってたぞ。お前が好きなのは、もしかしてトップライダーの志賀恭明だったんじゃないかって。勝てなくなった自分には、もう用がないんじゃないかって……」

「まさかっ……！」

そんなことがあるわけはない。それを今、ここで徹や美加子に言ったとしても、意味のないことだろうけれども。

志賀にそう思わせてしまったことは、愛想を尽かされるよりも、ずっとつらい。

「……今も、そんなふうに思ってんのかな……」

「さぁな。もし、情けないところを見せたのが原因なら、それを見せないで済むまで会わないとは言ってたけどな。だからほら、連絡ないのはそれだと思うぜ、きっと。前みたいに走れるようになるまでは、ってことなんだよ」

尚都は泣きそうな顔でかぶりを振った。

違う、と一言、伝えたかった。自分自身にしか解決できない問題を多く抱えて走る志賀は、それだけできっといくらか楽になれるだろう。なのに尚都のしたことはただ、余計な荷物を背負わせただけだった。

「頑張れないかもしれないよ……？　俺、また逃げるかもしれない」

「尚都くんのしたいようにすればいいのよ。別れて後悔しないんなら、さっさとそこのスペアキー、返しちゃいなさい」

机の上に大事そうに置かれている鍵は、志賀のマンションのものだった。

けっして、返したいものではない。

「両方とも根性要るんだから、あとは好きなほうにしたらいいわ。でも、どっちにしても志賀さんと話すべきね」

厳しい口調に、尚都は少し目を伏せて小さく顎を引いた。

自分がどうしたいのかが、まだ尚都にはわからなかった。

ゼッケン『3』のマシンがコースに出ていくのを、尚都はグランドスタンドの最上段近くから見送っていた。

それが、今年の志賀のゼッケンだ。二年連続の『3』であった。去年、残りの二戦がノーポイントに終わってしまったためにランキング三位につけていた選手に最終的なポイント数で抜かれてしまったのであるが、これは志賀にとって関係のないことだろう。以前に聞いたところによると、『1』以外の数字は彼にとってどれも同じなのだそうだ。

競争心の稀薄《きはく》な尚都にはよくわからなかったが、一番しか欲しくないという男がコーナーをクリアしていくのを見つめ、つい大きな溜め息をついてしまった。

首から下げたパドックパスは、まだ使ってはいないのだ。ここまで来て、と徹や美加子にも言われたが、どうしても行く決心はつかない。おかげで尚都は一人でこんなところにいる羽目になっている。二人はとっくにパドックへと行ってしまったのだ。

人の判別もできないほど上のほうで見ている姑息《こそく》さに、尚都自身がうんざりしていた。ここなら見付けられるはずがないのだ。それでいて、こちらからは志賀の調子もタイムも、アナウンスやサーキットビジョンから知ることができる。

卑怯《ひきょう》な位置だ。

おそらくこのクラスで最も注目されているだろう志賀を、尚都は観客にまじって見つめている。

まさかの予選落ちから数ヶ月。開幕を迎えた三月になっても、右手は力を加えれば、いまだ痛みを訴えているとレースアナウンサーが伝えていた。今日は、痛み止めを打っての出場だという。

こんなことを、客と一緒にアナウンスで知らなければならないのをもどかしく思っても、それはすべて自身のせいだ。席を立ちたい衝動に何度も駆られたが、結局、尚都はパドックへ行くことができなかった。

エントリーの多い二五〇ccクラスは、そのために予選が二グループに分けて行われる。志賀はAグループに名前が入っていた。

チーム名は、もちろん去年までと異なっている。ワークスマシンを走らせるサテライトチームではなく、ノービス時代からのチーム名がスポンサーの後ろについたものだった。去年までのスポンサーに継続してついていてもらうのは、それほど簡単なことではなかったろうと思う。

誰に聞かなくても尚都はわかっているつもりだった。

春も近くなった陽射しに目を細めながら、一瞬で通り過ぎるマシンを眺める。

何十台ものマシンがいてクリアとはいえないコースで、すでに何台かがタイムアタックに入っているようだ。その中には、ディフェンディング・チャンピオンの登沢の姿もあった。ナンバーはもちろん『1』だ。

その番号を見ると尚都はパドックへ行けなくなる。何事もなければ、あの数字は今年、全日本を走ることはないはずだったのだ。

あのままならタイトルは取れたと、尚都は信じて疑ってはいない。

独特のフォームで第一コーナーに飛び込んでいく昨年のチャンピオンの姿を、尚都はぼんやりと見送った。

「中原くん」

ふいに名を呼ばれて、尚都は弾かれたように顔を上げた。聞き覚えのある声の判別がついたのと、相手の顔を確認したのは同時だった。

「久しぶりだね。何をこんなとこで姑息に見てるの」

「森谷さん……」

ばつが悪そうに尚都は会釈をした。

「ちょっといいかな」

指先でどこかへ場所を移すことを示されて、尚都は少しためらった。しかし、否と言わせない相手の雰囲気に結局は頷いてしまう。

促されるまま後をついていき、とうとう尚都はパドックに足を踏み入れた。もっとも、志賀はコース上にいるのだから、今は間違っても出くわすことはあり得ない。仮に予選が終わっていたとしても、会おうと思わなければそうできるはずなのだ。

歩きながらも耳で予選の様子を聞いていた尚都は、志賀が一回目のタイムアタックで登沢に次ぐタイムを出したことを知った。

だが単純に喜べはしない。登沢だとてまだタイムは上げられるはずだし、タイムアタックをしていない選手もたくさんいる。その上、この後のBグループには去年のランキング二位や注目のルーキーも控えているのだ。

「まぁ、とりあえず志賀くんのマシン、ワークスのキット組みこんであるからポテンシャルは問題ないいんじゃない。調子も悪くなさそうだしね」

「でも、志賀さんのベストタイムより、全然遅い……」

「仕方ないよ。今日は風も強いしね。マシンも違うし、セッティングでも苦しんでるみたいだ。それにブレーキングのとき、まだ右手が痛いらしいし」

ひどいことを言われたような顔をする尚都に、森谷は苦笑を漏らす。

彼が尚都を連れて行ったのは、ピットの真裏の第一パドックからは少し外れた、事実上の駐車スペースだった。

覚えのある車の後部ドアを開けて、森谷は尚都を促した。彼自身は乗り込む気配を見せずに、開けたドアのフレームに手を掛けている。

座った尚都は、シートの半分を使って山積みにされているファイルの山を見付け、問うように森谷を見上げた。

「見てごらん」

言われるままに伸ばした手で、一番上のファイルを手に取る。見かけよりも重いそれを開いて、尚都はあっと声を上げた。

「志賀さんだ……」

きれいに並んでいる写真は、どれも志賀のライディングを写したものばかりだった。尚都が開いているページはノービス時代のものだ。あまり写真に詳しくない尚都だが、そんなにうまいものとは思えなかった。

見透かしたように、森谷は口を開く。

「それ全部、志賀くん」

「え……？」

思わず森谷を見た尚都は、それから崩れそうなほど重ねられたファイルに目を戻した。すぐには数えられない冊数だ。写真の数も相当で、どのくらいあるのか尚都には見当すらつかなかった。

「メカニックやってた頃から、撮ってたんだ。志賀くんのライディングってね、やけにカメラを構えたい気持ちにさせるんだよ。で、この有様。他にもいろんなライダー撮ってるけど、数からいったら断トツかな」

にこりと笑ってから、急に森谷は表情を引き締める。

HONDA

「ずっと見てきたんだ。君と同じだよ。去年のタイトルを取って、今年はＷＧＰを走るんだって信じてた」

責められているようで、たまらなかった。そうでなければ、わざわざ森谷がこんなところにまで尚都を連れてきて、写真を見せる意味がないように思えたからだ。

「でも、君が責任を感じるのって変だと思うよ。さっき、君の従兄弟から聞いたんだ。ずっと、会ってないんだってね」

「だって……」

「君を送っていかせたのが責任になるんなら、あの日、サーキットに来るように言った僕にも責任があることになるよ。健康的な考え方じゃないな。そうやって、自分のせいだって思って罪悪感抱えてれば、とりあえず気は済むもんね」

何を言われても尚都は顔を上げなかった。森谷が厳しい言葉を向けてくるのは当然だと思ったし、優しい言葉など今の尚都にはその場凌《しの》ぎにしかならないから、欲しいとも思わなかった。

「志賀くんの高校のときの成績がどのくらいだか、知ってる？」

「え……？」

話が急に飛んでしまったことに、尚都は眉をひそめた。

「国内ならどんな大学でも入れるって、そう教師から御墨《おすみ》付きもらってたんだよ。望めばどんな道だって進めたはずなんだ」

そんなことは初耳だった。志賀はあまり自分のことを話さないから、それも当然だ。尚都だって、まだほとんど自分のことを言ってはいない。それほどの時間を、まだ彼らは共有してはいなかったのだ。

「でも、志賀くんはプロになることしか考えてなかったからね。一悶着《ひともんちゃく》も二悶着もあったんだよ。御両親も反対されてたし、学校側もうるさくてね。ほら、例の二年のブランク。あれも結局はそういうことだったんだ。成人するまでできなかったわけ。おかげで志賀くんて今ほとんど勘当状態なんだ。まだ許してもらってないみたいだし……走るために、いろんなものを犠牲にしたんだよ。君がちょっとレースしてみようかなってのとはわけが違う。本当に責任感じてるんなら、取ってごらん」

緩慢な動作で顔を上げ、尚都は問うような視線を森谷に向ける。

「志賀くんの走り、以前と違うのは君にもわかるだろ。いい意味でじゃなくて、違うんだ」

尚都が何も言わずに頷くと、見つめる真摯《しんし》な目がふと和らいだ。

「怪我だけなら、志賀くんは一人で克服できるけど、君が逃げちゃったってダメージは、君じゃないとクリアできない問題らしいよ。まぁ別に君たちが別れたって僕には関係ないんだけどね、志賀くんのレースに影響するなら困るんだな」

どんな意味で言っているのだろうかと、尚都は森谷の顔をじっと見つめた。あくまでにこやかなそれは、どう考えても実情を正確に把握しているとしか思えないものだ。すべてを知った上で、しかも理解を示している。そんなふうにしか受け取れない。

「ん？」

「……知ってんの？　なんで？」

「なんでって……見ててわかったよ。君の態度はわかりやすいし、志賀くんは普通、あんなふうに他人に構う人間じゃないしね。僕じゃなくても気付いたんじゃない」

意に介した様子もなく、森谷は返してきた。

そのあっさりとした態度に、かえって尚都は戸惑ってしまう。そこには嫌悪感とか非難といったマイナスの意識は感じられず、かといって揶揄《やゆ》しているわけでもなさそうだった。

瞬きを繰り返す大きな瞳に、森谷がまた笑う。

「些細《ささい》なことにはこだわらないタチなんだ」

「さ、些細なこと……？」

「うん。本人たちが幸せだったらそれでいいんじゃないの。別に他人に迷惑かけてるわけじゃないし」

溜め息のような生返事をして、尚都はそのまま黙り込んだ。

よく、わからない。理解を示してくれるのはとても有り難いことだと思うが、この思考はきっと特別のような気がした。あるいは美加子に近いものはあるかもしれない。どちらにしても、小市民の尚都には敵《かな》うべくもなかった。

「あ……もう終わっちゃったな」

アナウンサーの声と時計で午前中の予選が終わってしまったことを知り、森谷は小さく舌打ちした。

「ほら、行こう。志賀くんが戻ってくるよ。タイム悪かったら、ハッパかけなきゃ」

「だけどっ……」

尻込《しりご》みする尚都を車の中から引っ張り出し、森谷は大きな音を立ててドアを閉めた。

「自信ない……？　でも志賀くんだって、今は自信たっぷりで走ってるわけじゃないよ。それでも走ってるんだから、君も同じくらいは頑張らないとね。そこまでしてやるほどじゃないってなら、別にいいけど？」

挑発に乗って、尚都はむっとした顔で第一パドックへと歩き出した。ずかずかと大股《おおまた》で歩く尚都は、その後ろからついてくる森谷が笑っていることを知らない。

数歩進んだところで、何やらうまく乗せられているような自分に気付いたが、誰かに背中を押してもらいたかったのは確かだから、それでもいいかと納得する。

「モーターホーム、あっち」

ピットの柵《さく》の出口で待つのかと思っていたので、尚都はきょとんとした顔を森谷に向けた。

「あんなとこじゃ、積もる話もできないじゃないか。チームの人が気になるなら、僕の車を貸してあげてもいいよ」

「……なんで、そんなに親切なんですか」

「さぁ……面白いからかな。それに、僕の趣味にとって、志賀恭明ってライダーは必要不可欠なんだな」

そう言って、森谷は手にしていたカメラを持ち上げてみせる。ノービスでデビューした当初から撮り続けていた彼にとって、そのライダーが最終的に世界の頂点に立つというのは、この上ない楽しみには違いないのだ。

連れていかれた第二パドックの片隅に、どうやら志賀のいるチームのものらしいモーターホームが止めてあった。当然、ここのメカニックであった森谷は周囲にいる人たちとは知り合いだ。同期だったというチームクルーが近くまで来て森谷と話を始め、会話の中で尚都は志賀が取材を受けていてまだ帰ってきていないことを知った。

今シーズン、志賀のマシンを手掛けたというメカニックは、話がとぎれると当たり前のように興味を尚都に向けてきた。

「志賀くんの、オトモダチ」

変なアクセントで言って、森谷は尚都を見て口元を上げる。とても愛想笑いなどできなくて、尚都は頬のあたりを引きつらせた。

「ほら去年、志賀くんがよく地方選手権に顔を見せてた原因の子。志賀くんの大のお気に入りなんだよ」

気安く肩に手を回されるが、そんなことはこの際どうでもよかった。

「森谷さん……っ」

ぎりぎりの説明に、脈が速くなってしまうような気がする。あるいはそれは、もうすぐ戻ってくるだろう人のせいかもしれなかった。

「去年、四レース目で三位に入ったんだ。どう？　引き抜いてみない？」

「そうだなぁ……」

冗談とも本気ともつきかねる調子で腕を組み、尚都を見ていた視線がふいに上がってそのまま背後に移っていく。

気付いたのと、それを裏付ける言葉が出たのは同時だった。

「帰ってきたぞ」

心臓が跳ね上がるのを尚都は自覚する。落ち着くようにと何度も言い聞かせ、不自然さを気取られないようにゆっくりと振り返ってみた。

何ヶ月ぶりかで間近に見る志賀に、言い得ない感情が込み上げる。

少し、痩《や》せただろうか。目に焼きついているものより、印象は鋭さを増しているような気がした。

レースの前に見せるものとは違う意味で、人を寄せつけない雰囲気が瞳に窺《うかが》える。それは確かに余裕のなさが見せるものだ。

とん、と背中を叩かれる。押し出されるように足を前に進めると、少なからず驚いた表情のまま足を止めていた志賀が、見惚れるほど表情を和らげた。

「尚都」

声は聞こえなかったが、唇が確かにそう動いた。

見つめてくる瞳も色を変えたのに勢いを得て、尚都はほんの少しの距離を志賀の元まで駆けていった。会ったらどうしようとか、何を言おうとか、いろいろと考えていたのに、いざ顔を見たら何もかもが吹き飛んでしまった。

グローブの外された手にどうしても目は向くが、逆らわずに右手の甲を一度見つめて、それからまっすぐに志賀を見上げた。

最初の言葉が出てこなくて、考えあぐねた揚げ句に尚都は言う。

「……ブレーキング、つらい？」

ついて出た言葉は、結局そんなものだった。

相変わらず色気も雰囲気もないのは、志賀にとってこの上もなく尚都らしいことだった。

くすりと志賀が笑うと、つられるように尚都は苦笑いをした。

「痛み止め打ってるって、さっき聞いたから……」

「そんなでもない。痛いのは、我慢できるからな」

痛みさえ堪《こら》えれば、ハードブレーキングに充分な力が込められる今は、入れようとしてもできなかった去年の秋に比べれば段違いに良くなっているといえる。先ほどの予選も、タイムこそ今一つだったが、感触としてはけっして悪くない。志賀は穏やかな口調で、淡々とそう続けた。

「先にモーターホームの中で待ってろ」

志賀は尚都を促し、自らはメカニックのところへと向かった。

走ってみて気付いたことをいくつか伝え、手短に話を済ませて戻ろうとすると、モーターホームのドアの近くに森谷が待っていた。

「午後、期待してるよ。明日の決勝もね」

手の中でカメラのレンズが光を弾いた。

「よく飽きませんね」

「きっと引退するまで飽きないんじゃないかな。ちょっと遅れちゃったけど、全日本チャンプとWGP参戦、楽しみにしてるから」

「どうも」

そろそろ仕事をしに行くと言って、森谷はピットのほうへと向かいかける。その足が不意に止まって、肩越しに意味ありげな視線が振り返ってきた。

「安心したよ。君はレースにしか本気になれないのかと思ってた」

さすがに表情を変えた志賀に、森谷の目が細められる。

「大事にね」

背中でひらひらと手を振りながら、森谷は仕事に戻っていった。

果たして今のは、ケガのことなのか、それとも尚都のことなのか。

どちらにしても確かめるつもりはなかった。

いつまでも見送ってはおらずに、志賀はさっさとモーターホームの中へ入っていった。慣れない場所に一人で座らされて所在なげにしていた尚都が、志賀の姿を見てあからさまにホッとした顔をした。

「一人で来たのか」

「徹と美加さんと一緒なんだけど……あれ、会ってないんだ？　二人とも、こっちに来てるはずだよ」

会わなかった時間などなかったように、自然と言葉が交わしあえる。今はまだ意識しなくてはできない状態だが、やがて自然になっていくはずだ。

「別行動だったのか？」

それについて尚都は苦笑いしか返してこなかった。実は志賀に会う決心がつかず、グランドスタンドの上のほうで見ていたことを、志賀は知っていた。徹から聞いたのだ。

去年と変わらないデザインのツナギを剝《は》ぐように脱ぎ、腰の辺りまで下げておいて志賀はふっと息をついた。必要なだけの筋肉のついた無駄のない締まった身体は、今はTシャツの下に隠れているが、それでもわかる肩のテーピングらしきものが、尚都の表情を曇らせてしまった。

「肩……まだ悪いんだ」

「昨日のスポーツ走行のときに転んだんだ」

同じところを痛めたのだと、志賀は苦笑まじりに説明した。しかし、それはあまり走りに影響はしないものだった。あるとすれば、精神的な余裕のなさだけだ。

じっと尚都の顔を見つめて、やがて志賀は口を開いた。

「すぐに追いかけようとしたんだ。本当は、そうしたかった」

急な言葉に大きく目を開いて、尚都はしかし何も言わずに言葉の続きを待っていた。

「そうしなかったのは、お前を追っていく方向が、自分が進まなきゃいけない方向と逆だってことに気がついたからだ」

あのときの志賀には、立ち止まってしまった尚都のところまで戻り、連れていくほどの力などなかったのだ。もし無理にそうしていたなら、今頃は二人して潰れていただろうと確信できた。

尚都はじっと、言葉を一つも漏らすまいとでもいうように、志賀を見つめていた。

「その前に自分をなんとかしようと思った。とりあえず、この第一戦で納得の行くリザルトが残せたら、行こうとしてたんだ」

「なんで怒らないんだよ……？　それに俺が、まだぐずぐずしてたらどうする気だったんだよ。とりあえず何とかなったけどさ、そうなるとは限らなかったろ」

詰め寄る尚都の顔を見て、ふっと志賀が笑みを浮かべた。勝てるほど自分を取り戻せたならば、それもさして難しいことではなかっただろうと思う。

もっとも、勝てればの話だったが……。

志賀は尚都を抱きしめて、薄い肩に顔を埋める。

潮が引いていくように、内にたまっていた不透明なものが姿を消していく気がした。それはこの右手の痛みが、薬でごまかされているのとは違う、確実な浄化だった。

「志賀さん……？」

「午後は走れる……見ててくれ」

「……うん」

ためらいもなく頷く尚都に、志賀は軽く、くちづける。

最初は本当に軽く触れるだけで、何度も何度も、角度を変えるようにして唇を重ね、キスを繰り返した。

それが深くなっていったのは、互いにとって自然なことだった。

「ん……っぁ、ふ……」

腕の中の尚都は、少し痩せたかもしれない。しがみついてくる指先は、かすかに震えていたが、それが感情のためなのか快感のためなのかは、よくわからなかった。

様々な音があふれている場所だったが、今はすべてが遠い。聞こえてくるのは尚都の息使いと、ときおり上げる小さな声、そしてキスの濡れた響きだけだ。

志賀は尚都に触れてみて、渇いていたのは心だけじゃなかったことに気がついた。おそらく自分だけの思いではないだろう。

本当はもっと激しく、身体の一番深いところで確かめ合いたかったけれども、いまはどう考えたって無理だ。

そっと唇を離し、耳元で囁く。

「続きは、夜だな」

「でも……明日はレースあるし……」

「レースに支障が出るほど、したいのか？」

くすりと笑うと、尚都は赤くなった。すぐに、からかわれているのだと気付いたようだが、むしろ安心したような顔をしていた。

尚都をからかう余裕が自分にあることを、そしてまだ遠慮なくそう言えたことを、志賀もたった今、自覚した。尚都も同じことに気付いたのだろう。

「それはその……レース終わったら…………いっぱいして」

小さく呟いて、尚都は顔を上げる。

たまらなくなって、細い身体を抱きしめた。今すぐにでも抱いてしまいたいというのが、偽らざる本心だった。

潤んだ目が、志賀を見つめてきた。

「あのさ……正直に言っていいかな」

上目遣いに視線を向けて、尚都は志賀が無言で言葉を促してくるのを待っていた。

「俺、やっぱ志賀さんのこと好きなんだよ。ライダーの志賀恭明も、俺の志賀さんも、両方ともさ。すっげーカッコいいと思うもん」

「それは明日、勝ったら言ってくれ」

「百万回だって言うよ」

と、尚都は笑った。


志賀の部屋が、ツインのシングルユースだったことは幸いだった。

去年からの経緯と、再スタートになる大事なレースであるということが考慮され、一人がいいだろうと周囲が気を遣った結果だった。

まさか、こんなことになっているとは、誰も思うまいが。

自分の下で喘ぐ尚都を見つめ、志賀は愛《いと》おしげに目を細める。

官能に歪むきれいな顔が、そして心地よく響く甘い声が、志賀の欲を煽り立ててやまない。

薄く開いた唇から、ときおりピンク色の舌が覗くのも、ひどくエロティックだ。

志賀は尚都をきつく抱きしめ、貪るようにして細い身体を突き上げた。

「ああっ、ぁ……ん！」

濡れた声はか細く、テレビの音にかき消されていく。意図して音量を上げているのは、もちろん隣室を考慮してのことだ。

森谷あたりが知ったら、きっと皮肉の一つや二つ言ってくるだろう。

大事なレースだということは、誰よりもわかっていた。それでも、尚都に深く触れ、感じたいと思う心は止められなかった。

尚都を腕に抱いて眠る夜は穏やかで、志賀に代え難い安らぎを与えてくれるだろう。

今は、その対極にあるといえるのだが。

「志……賀、さ……」

ようやくといったように名を口にして、尚都は志賀にしがみついてくる。

溺《おぼ》れる人のように。けっして放さないとでもいうように。もちろん無意識の行動であって、そこに深い意味などあるはずもないが、必死に取りすがってくるその様子が、たまらなく可愛くて、誘われるようにまたキスをした。

「ん、んっ……」

感じるところを突き上げるたび、腕の中で尚都はびくびくと震えた。以前よりも感じやすくなっていると思うのは、おそらく気のせいではない。それだけ神経が高ぶっているということなのかもしれなかった。

おそらく志賀もそうだ。尚都を取り戻せたという喜びのせいなのか、あるいはレース前の精神状態のせいなのか、ともすると我をなくしそうになってしまう。理性を保っていなかったら、とんでもないことになりそうだった。

溺れているのは、きっと志賀のほうだ。

「は……っ、ぁあ！　そ、こ……だめっ……」

がくりと仰け反る尚都の喉《のど》に、志賀は嚙みつくようなキスをした。

皮膚に爪を立てられるのがわかったが、構わずに同じところを抉《えぐ》ると、尚都はかぶりを振って悲鳴を上げた。

もう限界が近いのだろう。

「やっ、も……いっ……ちゃ、う……」

泣きそうな声で、絶え絶えにそう言って、尚都はしゃくり上げるような息を聞かせてくる。

焦《じ》らすほどの余裕はなかった。志賀だってもう限界なのだ。

尚都の膝が胸につくほど身体を深く折り、抱え込むようにして穿つリズムを速めていく。耳を打つ甘い悲鳴が、志賀をさらに煽り立てた。

「あぁぁっ……！」

尚都は腕の中で大きく震え、きつく志賀を締めつけてくる。それが志賀に終わりを迎えさせた。

志賀は大きく息を吐き出して、ぐったりとした尚都の額に唇を落とす。

長いまつげがぴくりと震え、ゆっくりと大きな目が現れた。だが何を言うでもなく、ただ強く抱きついてきた。

そのままの格好で、志賀は貪るように尚都と唇を重ね合わせた。

スタンド席の下から見上げるかたちで場所を探すと、小さく手を振る美加子がすぐに見付かった。

尚都は足取りも軽くそこまで行き、徹の隣に腰を下ろす。昨日はあのまま志賀のところに泊まってしまったので、彼らに会うのは、今日は初めてだ。

以前と何がどう違っているのかはわからなかったが、志賀の腕の中にいても苦しさを感じることはなかった。あのとき、マンションから逃げ出したかった自分こそが、いっそ信じられないほどだった。

志賀は何も訊かなかった。尚都が逃げ出した理由も、会おうとしなかった理由も、もう必要ないことだと言っていた。あるいは何もかも、わかっているのかもしれない。

徹の向こうに座る美加子が身を乗り出して尚都の顔を覗き込み、したり顔で何度も頷いた。

「ふーん、昨日とは別人みたいな顔ね。ゆうべは志賀さんと仲良くしたの？」

「……どーゆー意味で言ってんの」

「そーゆー意味に決まってるじゃない」

美加子の笑い声がマシンの咆哮《ほうこう》に混ざった。

「なんとかしろよ。美加さん、最近ちょっと下世話だよ」

肘で徹をつつきながらも、尚都の目は志賀の姿を追っている。

「で、志賀さんはどうだったの？」

「特に何も言ってなかったよ。勝ってみせる、って言っただけ。あんまり喋ってないんだ。レース前だしさ、コンセントレーション高めてんのにジャマしちゃいけないじゃん。志賀さんはあんまりナーバスになる人じゃないからいいんだけど……」

それでも、と思う。いくら尚都でも、レース直前の志賀には声を掛けることができないのだ。踏み込んではいけない雰囲気といおうか、踏み込めない領域といおうか、とにかく周囲を隔絶する何かを確かに志賀は身にまとう。

けっして尚都ですら触れてはならないときだった。

それは、理解しているつもりだ。

「登沢は簡単に勝てる相手じゃねぇよ」

「でも、勝つよ。そんな感じがした」

ヘルメットのシールドを上げて、まっすぐにコースを見据えていたあの瞳が忘れられない。まるで睨んでいるようなそれは、志賀にとってサーキットが戦いの場であり、戦いの相手そのものでもあると教えてくれた。

最終コーナーを立ち上がってきた『3』のマシンが、ゆっくりとグリッドについた。

フロントローの、左から二番目。

志賀は昨日の午後の予選で好タイムを叩き出し、セカンドポジションを獲得していたのだ。十二分に、優勝を狙《ねら》える位置だった。

ほぼ全車がグリッドにつく。各チームのメカニックやキャンギャルがコース上に出てきて、スターティング・グリッドは賑やかになった。もちろん、パラソルを持つそういう女の子がいるのは一部のチームだけだ。

今年は体制が違うので、志賀の横に露出度の高い女の子はいない。だが今日の走りと盛り上がりを見て、スポンサーが方針を変える可能性は大いにあった。

「今のところは安心だけど、そのうちキャンギャルがつくわよね。平気？」

「別に。どんなねーちゃんが来ようが、志賀さんのが断然レベル高いじゃん」

「はいはい。理屈がよくわかんないけど、ゴチソウサマ」

食傷気味に手を振って、徹は美加子のほうを向いてしまう。しかしあくまでポーズだ。少し前までの尚都を相手にするよりは、今のほうがいいに決まっている。

それから彼らはすぐに、始まった選手紹介に目と耳を傾けた。

二五〇cc今季最初のポールシッターは、ディフェンディング・チャンピオンの登沢だ。拍手とチアホーンの中、大きく手を振る姿が彼のキャラクターを顕著に表している。

対照的なのが、セカンドポジションの志賀だった。タイムこそ僅かに届かなかったものの、この位置は昨年の最終戦の雪辱を晴らしたといっていいポジションだ。

今年は登沢の独走かと思いかけていたファンも、去年の激しいバトルが再び見られるのではないかという期待を抱いている。

志賀の名前が呼ばれると、グランドスタンドから大きな拍手と歓声と、悲鳴に近い女の子の声がした。何人かの女の子が、金網にしがみついて叫んでいるのだ。

志賀はいつものように、前を向いたまま軽く左手を上げただけだった。

選手紹介がすべて終わり、ウォーミングアップ・ラップも終了して、後はスタートを待つだけとなった。旗を持つマーシャルも、たった今退去した。

いやおうなしに、緊張してしまう。

シグナルが変わった瞬間、マシンがスタートのために一斉に唸《うな》った。

飛び出したのは、スタートの良さで定評のある登沢だった。しかし志賀もそれに劣らぬ好スタートを見せ、スターティング・ポジションのまま第一コーナーへと吸い込まれていく。

肉眼で見ることは適《かな》わなくなって、尚都はサーキットビジョンに目をやった。

カメラは常にトップグループを追っている。だから、志賀が映らないことはないはずだ。

レースアナの声を聞きながら、尚都はじっと画面を見つめていた。

やがて、テール・トゥ・ノーズで戻ってきた登沢と志賀が、ホームストレートを駆け抜けていく。その後を、かなりバラけて長い列になった集団が追いかけている。

「いやぁ……すっかり元通りじゃんか」

「痛いみたいだけど、それは大したことじゃないって言ってた」

「あたし、今日は志賀さんの応援しようかと思ってたんだけど、やっぱり登沢さんの応援するわ。尚都くんの応援さえあれば充分なのよね、志賀さんは」

今日の美加子は尚都をからかうことに余念がないが、気にはならなかった。尚都の中に入ってくるのは、今はレースの展開だけだ。

「あー、惜しいっ」

一瞬、コーナーで膨らみかけた登沢のインをつこうとした志賀だったが、そこは昨年の覇者である。うまく抑えてトップを譲ることはなかった。

抜けそうで、抜けない。そんな場面が、終盤まで何度も繰り返された。

「とても、このまま終わるとは思えないわ」

ぽつりと、登沢ファンの美加子が呟く。自分の好きな選手の結果を心配しての言葉だった。事実、後半になってもトップをキープしているあのマシンは、何度もリアを滑らせている。

「うっひゃー、滑る滑る。登沢のタイヤ、減りまくってんじゃねぇか?」

「それはいつものことだけど、確かに気合いは凄いわ」

「もう残り少ないし、どう……」

徹は尚都に話しかけようと横を向いて、そのまま言葉を呑み込んだ。とても、気安くレースの話ができるような顔付きではなかったからだ。

尚都の瞳は、ビジョンに移し出される志賀の姿を見つめている。

差はほとんどない。ストレートで離され、それをコーナーで詰めるという繰り返しだ。こんな調子がもうスタートから続いていた。

そして、ファイナルラップ。

完全に三位以下を引き離し、対照的なライディングを見せる二人は、相変わらず白熱したトップ争いを続けている。

アナウンサーのテンションは、すっかり上がり、観客もざわざわと落ち着かない雰囲気だ。

そんな中で、ひどく冷静な自分を尚都は自覚していた。

『7・8％勾配《こうばい》を駆け上がって、トップ争いは西コースへ舞台を移していく！　デグナーからアンダーパスを通って、ヘアピンをクリア！』

順位は変わらない。

「ストレートで抜かなかったら、あとヤバイぞ。あの右手じゃ……」

「行けるよ。絶対」

独り言のように尚都は呟く。声はきっと徹にさえ届いてはいないだろうが、かまわなかった。あのコースで、独りで戦っている男にさえ聞こえれば、それでよいと思う。

バックストレッチと呼ばれる西のストレートでも、志賀は前へ出ることはできなかった。

登沢がうまくスリップを使わせなかったのだ。そのまま僅かの差で、二台は130Rに飛び込んで行く。

「あー、なんであのタイヤで転ばないんだよ、登沢！」

『これでもう決まったか！　スタートから一度もトップを譲らずに、登沢がポール・トゥ・ウィンで今季の……』

言いかけたのと、ビジョンの中で変化が起きたのは同時だった。どよめきと、それに混じる歓喜の悲鳴がグランドスタンドに沸き起こる。

シケインの突っ込みで、すっと志賀のマシンが前に出たのだ。

『志賀が登沢をパスしてトップに浮上だ！　そのまま最終コーナーを立ち上がって、今コントロールラインを通過！』

チェッカード・フラッグが振られ、拍手が起きる中を、縺《もつ》れるように二台のマシンが通り過ぎていく。本当に、ほんの僅かの差だった。

好きな選手であろうとなかろうと、そんなことは関係なく、いいバトルを見せた選手に、観客は拍手を惜しまない。一方で、減速したマシンを並べて走らせ、二人が第一コーナー手前で握手をしているのがビジョンに映し出されている。健闘を称《たた》える形は様々だが、どちらも好きな瞬間だと思うのは、きっと尚都だけではないだろう。

『ブレーキング競争に打ち勝って、二五〇cc第一戦を制したのは、昨年の事故からの完全復活を果たした志賀恭明選手！』

クールダウンラップに入った志賀を、もうビジョンは映し出していない。次々とコントロールラインを通過していく選手たちをぼんやりと眺めながら、尚都はようやく椅子に背を預けることができた。

「パドック、行かないの？　志賀さんのお迎えしてあげなさいよ」

「表彰式、見てからにする」

どのみち、その後の雑誌やテレビのインタビューが終わらないことには、近付くこともできないのだが、かといってこんなところから見ているのも気恥ずかしい気がする。

「いいから、行こ！」

強引に手を引かれ、尚都は階段を下りていく羽目になった。後ろからは徹がすっかり傍観者の顔をしてついてくるが、やはりどう見てもそれは楽しそうだ。そのまま地下通路を抜けてパドックへ出ると、そこには予想通り忙しそうな光景が広がっていた。すでにサーキットは次のレースのために動き始めているのだ。

戻ってきたマシンがそれぞれの場所に戻っていく中、三位までの選手が表彰台の上に立ったのを尚都は耳で知った。

「志賀さん、ヒーローインタビュー苦手なんだよな」

「そうよね」

その点、二位になった昨年のチャンピオンは得意なほうだった。

口数の少ない志賀からは、アナウンサーもあまり多くを聞き出そうとはしない。そういう質《たち》なのだからするだけ無駄なのだと、すでに知っているのだ。

次にインタビューを受ける登沢が、勝者の志賀を褒めているのが聞こえて、尚都は口元を綻《ほころ》ばせ、美加子はうっとりと頬に手を添えた。

「さすがだわ。チャンプの貫禄《かんろく》よね」

「今年は志賀さんがとるんだから、Ｖ２は無理だよ」

「はいはい」

話半分に聞いて、美加子はインタビューに耳を傾ける。

三位の選手に移ったマイクは、トップ争いについていかれなかった自身への反省や、志賀や登沢への賛辞を拾った。その後はシャンパンファイトだ。

「シャンパンまみれで帰ってくるわね。抱きついたら濡れちゃうわよ」

揶揄するつもりで美加子は言ったようだが、尚都は予想に反して薄く口元に笑みを引いただけで大した反応も示さなかった。

「なんなの、その余裕。こないだまで鬱陶《うっとう》しいくらいウダウダしてたくせに」

面白くないと、美加子は口を尖らせるが、それでも尚都は「余裕」を見せた。我ながら現金だと思った。

志賀が姿を見せるようになるには、それから少し時間が要るはずだった。まずはロードレースを放映してくれる番組のインタビューを受けなければならず、その後は雑誌が控えているのだ。ああいった形で一度は消えかけたライダーの優勝だけに、特集を組むには打ってつけのシチュエーションなのは確かだった。

プレスの数は多いことだろう。だからまだまだ戻っては来るまい。

「モーターホームで待ってる？」

「そうしようかな。チームの人にも、おめでとうって言いたいし……」

ピットとパドックを遮る柵の外側に、ただぼんやりと突っ立っているよりいいかと、尚都の足は第二パドックへ向かいかけた。

「尚都」

深い声で呼ばれて、尚都は弾かれたように振り返った。

予想に違《たが》わず、近付いてくるのは今日の勝者だ。本当ならば、まだこんなところに来られない立場のはずだった。

「なに……やってんだよ？　取材どうしたんだよ……！」

「雑誌は後でするると約束してきた」

涼しい顔で答えているが、強行に振り切ってきただろうことは容易に想像がついた。おかげで何の一大事なのかと追いかけてきたプレスが尚都の視界の及ぶ限りで数人はこちらを見ている。ピットの真裏ということもあって、その他のギャラリーも豊富だ。

「まずいよ……」

「何が？」

「だって、普通しないよ……」

「別に普通じゃなくていい。本当は表彰式も蹴飛《けと》ばしてきたかったんだぞ。尚都に一番に祝ってほしかったんだ。他は要らない」

拭《ふ》ききれずに濡れている髪から、シャンパンの滴が落ちていく。レーシングスーツもシャンパンまみれだ。もちろん尚都は見てはいなかったが、よほど手荒い祝福を受けたらしいことはそれでわかった。表彰台の両隣が志賀より齢もキャリアも上のライダーだったのだから、それも当然かもしれない。

軽くアルコールの匂いを放って、志賀がもっと近付いてくる。

甘い蜜が虫を誘うように、それは尚都を引き寄せた。

「ちゃんと見ててくれたか?」

「うん。最後の最後で、勝負に出るってわかってた。最終コーナーを立ち上がってきたとき、俺、足とか震えちゃってさ……。約束……百万回言っても足りないよ、きっと」

言葉では言い尽くせない想いを今すぐ伝えたかった。そのためなら、周囲のことなんて簡単に忘れてしまえる。

志賀が顔を近づけてきても、抵抗感はなかった。

「責任は、志賀さんが取るんだからな」

「わかってる」

シャンパンの芳香の中に抱き込まれて、尚都は酔ったように目を閉じた。唇に落とされたキスは、さらなる酔いを尚都に与えてくれた。

騒然とするピット裏の様子など知ることもなく、サーキット中に流れるアナウンスはもう前のレースの話は忘れたように、どこかで行われているイベントのことを喋っているし、パドックのあちこちでは、これから行われるレースのために、出場するチームがマシンの最後の調整を始めている。

聞き慣れたマイク越しの声もマシンの声も、もう耳には入らない。

尚都にとってただ一人の勝者は、こうしてこれからも、ずっと勝利の美酒を与えてくれるのだ。

「……ずっと、いるよ。サーキットでも、そうじゃなくても……」

どんなときだって、と、ほんの少し離れた唇で尚都は呟く。そうでなければ、勝つために走り続けている志賀にきっと置いていかれてしまうだろう。

約束を交わすために再び閉じられた目で、尚都は最終コーナーを誰よりも速く立ち上がってくる志賀のマシンを見た気がした。

心でも身体でも

あのときの余波は、少なくとも尚都《なおと》の中には激しく残っていた。

感情が高まっていたとか、勢いだとか、雰囲気だとか、いろいろ言葉はあるだろうが、要するに、冷静じゃなかったのだ。

後から考えると、今でもヒヤリと背中が冷たくなるような、それでいて頬《ほお》が熱くなるような、なんとも複雑な気持ちに苛《さいな》まれ、尚都はじっとしていられなくなる。

あんなに大勢の前で、キスをしてしまった――。

（ひーっ……）

誰もいない部屋の中で、尚都は枕《まくら》とシーツの間に頭を突っ込み、蹲《うずくま》るようにしてしばらくじっとしていた。穴があったら入りたい、というのは、きっとこういう気持ちのことなのだと思った。

第一戦の日から早四ヶ月。夏の盛りはもう過ぎて、暦の上では秋になっている。あれ以来、尚都は一度もサーキットへ行っていなかった。公衆の面前でキス、なんてことをやらかしておいて、平然と再びあの場に出ていけるほど、尚都の神経は太くない。

もちろん場所そのものは、レースごとに変わるが、そこにいる人間はほとんど変わらないからだ。

受験を理由に、自らのレースも休止状態だった。あの後、どこからともなく尚都がレースに参加していた話も出たらしく、一部では名前も挙がって噂《うわさ》されていたという。いかに地方レースだろうと、もう行きたくなかった。

責任を取ると言った男は、あれからもずっと一人でサーキットへ行っている。

「志賀《しが》さんのほうが、普通じゃないんだよ……」

「俺がどうしたって？」

誰もいないはずだったのに、いきなり声が降ってきた。

はっとして枕の下から顔を出すと、どこか楽しそうな顔をした志賀が、すぐ近くから尚都を見下ろしてきていた。

「い……いつの間に……」

「ノックはしたんだぞ。返事がなかったから、寝てるのかと思ったら……」

言いかけて、志賀は小さく笑みをこぼした。ドアを開けた途端に、枕の下に潜り込んでいる——実際は不可能だが、心意気としてはそのつもりだった尚都の姿を見たのだから、笑ってしまったのも無理はない。これが徹《とおる》や美加子《みかこ》だったら、今頃は大爆笑していることだろう。

志賀が尚都の学習用の椅子に座るのを、じっと目で追った。

まだまだ暑いというのに、外から来たはずの志賀は、そんなことなど感じさせないくらいに涼しげだ。

「一体、何をやってたんだ？」

「……別に、なんでもない」

「まだあのときのことを気にしてるのか？」

仕方がないな、とでも言わんばかりの調子で、志賀は溜《た》め息《いき》まじりに呟《つぶや》いた。

「よく志賀さんは平気だよな」

「平気な顔して行くよりほかないだろう？　そんなことで、レースを放り出すわけにいかないんだからな」

「それはそうだけど……」

何しろ行かなくても誰も困らない尚都と違い、志賀はあの場へ行かなくては何も始まらないのだ。そして行くとなれば、いっそ堂々としていたほうがいい、という理屈もわかっているつもりだ。

ただ、尚都にはできないというだけのことだった。

トントン、という階段を上がる音が聞こえてきて、ドアがノックされた。返事もしないうちからノブは回り、母親がアイスコーヒーを二つ持ってきた。

「やぁねぇ、呼んでも返事しないと思ったら、寝てたの？」

「寝てねーってば」

「髪がくしゃくしゃよ。ほんとにもう、夏休みだからってダラダラしすぎ。世間の受験生を見習いなさい」

「世間は世間。だって俺、学内推薦は楽勝だもん」

そこそこいい大学の付属高校に行っている尚都は、そのまま上に進学することを、ずっと前から決めていた。学内の定期試験でも上位の成績を収めてきたので、文句なく推薦枠には入れるし、温《ぬる》いと言われている入学試験にも絶対の自信を持っていた。

だがそういった尚都の姿勢は、母親にとってはもどかしいものらしい。

「なんでこの子は、こう向上心てものに欠けるのかしら。もっと上を狙《ねら》おうとか、積極的に何かがしたいとか……」

「今、そんな話、しなくてもいいじゃん！」

尚都はようやくベッドから下り、母親からコーヒーが載ったトレイを奪うようにして取り上げると、早く出ていってくれという視線を彼女に送った。彼女の魂胆はわかっている。志賀の口から、何か一言、尚都にくれてやって欲しいと思っているのだ。

机の上にトレイを置き、追い出すようにして母親を廊下へ出してからドアを閉め、ほっと安堵《あんど》の息をついた。

階段を下りていく足音を聞きながら振り返ると、志賀が面白そうに笑みを浮かべていた。

「相変わらずだな」

「……どうせ根性とか、努力とか、足りないままだよ」

そう簡単に変われるものか、と尚都は心の中で呟く。もともと人より少ないそれらを、志賀のことで使い果たしてしまっているから、とても他のことに回していられないのだ。

これといった努力はしなくても、なんでもある程度そこそこにできる弊害——と言ったのは、確か徹だった。

「もう一度、根性を振り絞って応援に来てくれないか？　あの話も、すっかり下火になってるぞ」

「……ごめん。まだ、無理……」

「そうか」

ひどく残念そうな様子を見せながらも、志賀はそれ以上何も言わない。

申し訳ない気持ちでいっぱいになる。おそらく志賀は、その言葉以上に、尚都に来て欲しいと願っているはずだ。

だが尚都がサーキットへ応援に出向いたところで、志賀の走りに影響が出たりはしないだろう。モチベーションは上がるかもしれないが、それは単に上がりやすくなるというだけのことで、志賀はどのみち自分をベストの状態に持っていける。現に尚都が行かなくても、志賀は結果を残していた。初戦以来、優勝こそしていないが、表彰台の常連となり、ポイント数でも二位につけている。

黙り込んでしまった尚都に、志賀はグラスを差し出してきた。

受け取るために近づいていったら、その手を引っ張られ、志賀の膝《ひざ》の上に座らされた。横抱きにされるような格好だった。

慌てて下りようとしたのに、志賀は許してくれない。

「志賀さんってば……！」

「うん？」

「うん、じゃなくて！　なんでそう恥ずかしいことばっかすんだよ。高校生の男にすることじゃねーってば！」

あれ以来——自分たちの関係が元に戻って以来、志賀はやたらと恥ずかしい男になってしまった気がする。以前からその片鱗《へんりん》は随所に見られたが、すっかりたがが外れてしまった感じで、もう手がつけられない。その上とても甘くて、尚都の認識よりもさらに「えっち」で、少し意地悪なところもあった。

今まで気付かなかった面が、この数ヶ月でボロボロ出てきたが、幻滅するどころか、前より好きになってしまっている自分がいる。

結局のところ、いまだって文句を言いながらおとなしく受け入れてしまうのだ。

今度こそ本当に渡されたグラスを手にすると、カラン、と涼しげな音が小さく鳴った。

「これ飲んだら支度する」

「ああ」

今日と明日は、志賀が完全にオフなのだ。だから今晩は、志賀のマンションで過ごすことになっていた。要するに、わざわざ迎えに来てくれたわけだった。

「早く涼しくなんないかなぁ……。できれば、すぐ十二月になって欲しいけどさ」

「十二月？」

「うん。そしたら受験生脱出じゃん。自由だよ」

「今も不自由しているようには見えないぞ。緊張感はないし、勉強も特に気を入れている様子はないし、うちにもよく泊まるし」

「う……いや、まぁそうなんだけどさ。気分だよ、気分。遊んでると、なんとなく気が引けるっていうか。親がうるさいっていうか」

おそらく一番最後の理由が最も大きなウエイトを占めている。何かにつけて、受験生なんだから、と言われるのが嫌なのだ。

「心配なさってるんだろう」

「まぁね。けどさ、ちゃんと成績はキープしてんだよ？」

「そうだったな。お前が真剣に勉強したら、どのくらいまでいけたんだろうな」

「……そんなの、どうでもいいよ」

ふて腐れている尚都を仕方なさそうに見るだけで、志賀は何も言わなかった。ここで説教をしても仕方ないと思っているのだろう。

尚都の密《ひそ》かな夢――というほど大げさなものでもないが、バイク誌の記者になって志賀と一緒に転戦するという将来の展望は、今のところガスが抜けた風船のように萎《しぼ》んだままだ。

だがそれは本当に密かな目標だったのだ。

そもそも自覚したのが第一戦のずっと後だったところからして、間が抜けている。サーキットへ行かなくなり、家で雑誌を捲《めく》っているうちに、ふと思ったのだ。

その場に行けない人たちにも、結果だけでなく雰囲気までも伝えられたらいいと。そんなふうに、この世界に関《かか》わっていけたらいいのにと。

単なる思いつきだったのかもしれないが、一度考えついたら頭から離れなくなった。

あまりに突拍子もない思いつきだと自覚しているから、まだ誰にも言ったことはない。笑われそうだと思ったからだ。

半分ほどコーヒーを飲んだところでグラスを机に置き、尚都は志賀の膝から下りて、泊まり支度をするために勉強道具と着替えをリュックに詰めた。着替えといっても、Tシャツ程度だ。

「できたのか？」

「うん。あ、エアコン消して」

リュックを担いで、グラスが載ったトレイを持ち、尚都は先に部屋を出ていく。志賀のところへ泊まることに関しては、親もうるさくは言わないのだ。

キッチンの流しにグラスを置いていると、玄関のところで志賀が母親と話している声が聞こえてきた。

「バイク雑誌見て、溜め息ばっかりなんですよ」

何にも知らない――知るわけがない母親には、受験生だからサーキット行きは控えている、と説明してある。今のところ、特に不審には思われていないようだ。溜め息をついている姿も、行きたくてたまらないのだと思われているらしい。

彼女は尚都に気付くと、いつものようにやんわりと言った。

「ご迷惑にならないようにしなさいよ」

「はーい。行ってきます」

志賀に続いて外へ出ると、べったりとまとわりつくような空気が全身を包み込んだ。息をすると、肺にまでそれが入ってきて不快になる。

自然と、うんざりした顔になっていた。

「最悪……なんで志賀さん、いつもそんな涼しそうなんだよ」

「普通に暑いぞ」

「うそだ。ちっともそんな顔してない」

ぶつぶつ言いながら、近くのコインパーキングまで歩いて、志賀の車に乗り込んだ。日陰に止めてあっても、中はかなり高温になっていて、すぐには乗り込みたくないと思ってしまう。これならばまだ外のほうがマシだ。

志賀はエンジンをかけて、エアコンを一番強くしてくれたが、それでも涼しいと感じられるようになるまでには、もう少し時間が掛かりそうだった。

「早く乗れ」

「蒸し風呂じゃん……よく平気だよな」

「真夏のレースに比べたら、ずっと楽だからな」

「あ……」

なるほど、と思わず納得した。

アスファルトの照り返しがきついサーキットで、革のレーシングスーツとグローブ、そしてブーツで全身を覆い、ヘルメットも着用して走るのだ。しかもマシンは熱を発し、ちょうどその部分に上体を被《かぶ》せるような形になる。いくら革にパンチングがされていても、多少はマシという程度のことだ。

あれは確かに暑い。尚都にも経験があるが、二度とごめんだと思ったものだった。

「でも……今も暑いよな……」

小さく呟きながら、尚都は助手席に乗り込んだ。そうしてエアコンの吹き出し口に顔を寄せていく。

「ひゃー……生き返る……」

「大げさだな」

「だって暑いの嫌いだもん」

「寒いのも嫌いだと言ってなかったか？」

「うん、嫌い」

要するにわがままだ、と言ったのは、やはり徹だったか。いや、あるいは美加子かもしれない。あの二人には性格や態度のことで、いろいろと言われすぎていて、もう慣れっこになってしまった感があった。

走り出した車の中で、尚都はすぐに方向が違うことに気がついた。志賀のマンションへ向かう、いつものルートとは違っていた。

「どこ行くの？」

「涼しむのに、ちょうどいいところだ」

「ふーん……で、どこ？」

「行けばわかる」

それきり志賀は、本当に何も教えてくれなかった。三十分ほど走り、見えてきたのは高層ビル街で、尚都の家がある界隈《かいわい》よりも、さらに気温が高そうに見えた。

買い物だろうか、と思っていると、志賀は建ち並ぶビルの一つに車を近づけていく。

「ホテル……？」

「泊まるわけじゃないが、たまにはこういうところで食事もいいだろう？」

「あー……うん。でも、こんな格好……」

尚都は自分の服を指先で引っ張り、戸惑い気味の視線を志賀に向けた。ロゴが入ったTシャツにジーンズという、なんてことはない格好だ。シティホテルなんて親戚《しんせき》の結婚式でしか足を踏み入れたことがないから、果たしてこれでいいものかどうかわからない。

志賀だってそれほどきっちりとした格好をしているわけではないが、シャツの上に麻のジャケットを着ていて、何も問題はないように思えた。

「別にそれで構わないぞ」

「そ、そう？　だったらいいけど……」

ふう、と息をついているうちに、車は駐車場に入っていった。適当なところに止めた車から出ても、外よりは暑くない。ただし涼しくもなかった。

「夕飯には、いくらなんでも早くねー？」

「いいから」

手を引かれ、尚都は思わず周囲を見回してしまう。場所がホテルの駐車場だけに、男同士でこんなことをしているのは、カップルですと宣言しているようなものではないだろうか。

「し、志賀さんっ……」

本当に人目を気にしない人なんだと、改めて思った。エレベーターの中でどうやって手を離してもらおうかと思っていると、懸念をよそに、一階で扉が開く寸前で自然に手が離されていった。ほっとしたような、がっかりしたような、複雑な気分だった。

フロアに出ていく尚都たちと入れ替わるように、外国人客が二人乗り込んでいった。ロビーには、外国からの観光客やビジネス客らしき姿が多数見られる。

「なんか……不思議な感じ。日本じゃないみたいだ」

きょろきょろしているうちに、ラウンジの席まで連れてこられた。志賀は四人掛けのテーブルに何故《なぜ》か並んで座ろうとしていて、尚都はうろたえた声を出してしまった。

「ちょっ、待……し、志賀さんっ……？」

「いいから」

「だ、だって……！」

こういうのは普通、カップルくらいしかやらない。現に周囲の客の目が痛いほどで、尚都は自然に俯《うつむ》くことになった。そうでなくても、志賀は人目を引くのだ。女性客が多いラウンジの中では、どうしても注目が高くなる。

「そっち、行ってよ」

向かいの席を示して訴えたが、無視された。では自分が動こうかとしたときに、思いがけない声が聞こえてきた。

「お待たせ。って、来たばかりみたいだね」

「あ……あれ？」

覚えのある声の主は森谷《もりや》だった。彼は当然のように、尚都の向かいの席に座る。

状況を把握できないほど頭の回転は悪くないつもりだ。つまり、最初から森谷と待ち合わせていたのだ。

「騙《だま》したんだ……！」

「何もうそは言っていないだろう？」

「そっ……それは、そうなんだけどさ……」

尚都は口を尖《とが》らせて、口の中でぶつぶつと呟いた。うそはつかなかったが、本当のことも黙っていた。要は同じことではないだろうか。

「終わったら、約束通り食事だ」

「お……終わったら、って？」

「ちょっとしたインタビューなんだよ。ま、そんな堅っ苦しいもんじゃないから。あ、コーヒーでいいんだっけ？」

森谷はバッグから録音機器だの手帳だのを出しながら、テーブルの上に並べていく。やけに機嫌がよさそうだ。彼はオーダーを取りにきたウエイトレスにコーヒーを三つとケーキを一つ注文した。誰が食べるのかと思っていたら、どうやら尚都らしい。

「ここの、美味《おい》しいらしいよ。トレイで全種類持ってくるから、好きなの選びなよ」

「……どうも」

「何？　なんか言いたそうな顔しちゃって」

本当はわかっているくせに、と思いながらも、尚都は律儀に質問を口にした。

「なんで俺まで、ここにいなくちゃならないんですか？」

「ああ、それは僕の希望」

「はい？」

「だってあれ以来、すっかりサーキットに来なくなっちゃっただろ？　久しぶりに会いたいな、と志賀くんに頼んでおいたわけさ」

相変わらず軽い口調の森谷を、じっと見つめ、それから本当かと確認する意味で志賀の顔を見やった。森谷という男の言うことには、すんなり信じたくない何かがあった。

だが志賀は黙って頷いた。

次に浮かんだ疑問は、どうして志賀が森谷の言うことに従ったか、だ。彼らの間に、それなりに交流があったことは教えられているが、仲がいいという印象もなかったし、あくまで仕事での関わりしか持っていないように見えたからだ。

おそらく疑問が顔に出ていたのだろう。くすりと笑って森谷は言った。

「貸しがあるからね」

「え……？　志賀さんに？　森谷さんが？」

「そう。ほら、例のキス事件のことでさ。事態収拾に一役も二役も買わせていただきましたからねー」

森谷は腕を組み、故意に遠い目をして感慨深げに呟いた。

尚都の隣で志賀は小さく嘆息し、少しだけ苦い顔をしてみせた。反論はないが、素直に受け取りたくないという態度だ。

「あの後、しばらくは話題騒然だったしね。もちろん表では志賀恭明《たかあき》、復活！　の話なんだけど、そういえば……みたいな感じで、キスのことが始まるわけさ」

「ひー……」

「相手の子は何者だ、とか、僕もいろいろ訊《き》かれたなぁ……」

「お待たせいたしました」

ウエイトレスがやってきたのは、いいタイミングだった。会話は中断され、尚都はトレイに載った十種類近いケーキの中から、さんざん迷ってレアチーズケーキを選び出した。

濃そうなコーヒーを置いていった彼女が遠ざかり、いよいよ本来の目的に入るのかと思いきや、森谷は先ほどの続きを口にした。

「僕が志賀くんと親しいのは知られてるし、前に君と一緒にいたのを覚えてるやつが結構いてね、あんなに短期間にいろんな人から同じこと訊かれたのは初めてだったよ」

「……なんて答えたんですか？」

「志賀君の心の支えになってあげていた子です、と」

ずきっ、と胸が痛んだのは、尚都にとって当然のことだった。一番つらい時期に、尚都は距離を置いてしまったのだ。支えるなんて、とんでもない。

膝の上でぎゅっと手を握りしめ、尚都は俯いてしまう。

志賀は森谷を見たままで、自分の手を尚都の手に重ねてきた。端の席だし、他の客からはけっして見えない位置だった。

「インタビューは始めなくていいんですか」

「ああ、そうだった」

にっこりと笑って、森谷は志賀に向き直る。

どうやら今秋――シーズンが終わった直後くらいだろう――に、志賀の特集号を出す予定があるらしい。

それから先は、尚都には関係のない話ばかりだったから、少しずつ身体のこわばりも解けていった。

左手を握られたまま、右手でケーキを口に運ぶ。頭の中は、いろいろな感情がないまぜになっていて、まったく収拾がつかなかった。

後ろめたさからくる落ち込みと、手を握られている気恥ずかしさと、嬉しさ。それだけではなく、誰かに見つかったらどうしようという緊張感もある。おかげで目の前の会話など、ほとんど耳に入ってこなかった。

ケーキを食べ終わってしまうと、いよいよすることはなくなる。仕方なく、ぼんやりと店内を眺めていると、いきなり森谷が声を掛けてきた。

「退屈？」

「えっ……いや……」

「つまらなかったら、少しホテルの中でも回ってくれば？　まだ当分、ここにいるから」

「あ……うん、どうしようかな……」

ちらりと志賀の顔を見ると、何食わぬ顔をしながら、彼は握る手を少し強めた。離そうという気配はまったくなかった。

これはつまり、行くなという合図だ。

「あの……別にいいです」

「そうなの？　志賀くんの顔色を窺《うかが》う必要なんてないんだよ？」

「別にそんなんじゃないです」

「でもいま、志賀くんから行くなってオーラ出てたよ。さっきからテーブルの下で、手なんか握っちゃってるみたいだし」

やれやれ、と言わんばかりに大げさに溜め息をつき、森谷はじっと尚都の反応を窺ってい る。志賀をチェックしても、何の変化も期待できないことを知っているのだ。

尚都は慌てて手を振りほどこうとしたが、それ以上の力で押さえられて、困惑することしかできない。だから問いかけるように志賀を見つめたのだが、答えは返ってこなかった。

ふーんと鼻を鳴らしたのは森谷だった。

「亭主関白なんだ？」

「は……っ？」

「それとも、過剰な心配性？　そこらをフラフラして、ナンパでもされたらどうしよう……とか？」

「そんなわけないじゃん！　ね……？」

同意を求めようとして見た志賀の顔は、かすかに苦笑を浮かべていた。そして否定らしき素振りも言葉も、まったくなかった。

「あ、図星？　うわー、志賀くんて、そんなキャラだったんだ」

「そうらしいですね」

しれっと答えて、志賀は指を絡めてくる。手を握るというより、繋《つな》ぐという感じになって、照れくささはさらに強くなった。

尚都だって知らなかった。志賀はこんな涼しい顔をして、本当に恥ずかしい男らしい。

「ああ……ものすごく載せたい」

森谷は録音中の機械を指さして、ぽつりと言った。

そうだ、今までの会話はすべて録音されていたのだ。だが息を呑《の》んだのは尚都だけで、志賀は平然としていた。

「尚都の名前を出さないなら、どうぞ」

「いや……うん、載せたいんだけど、それはちょっと、さすがに……」

珍しく言いよどんだ森谷は、何故か難しい顔をして指先を額に当てた。彼ならば喜んで載せるかと思っていただけに、少し意外だった。

うーん、と唸《うな》った後で、森谷は言った。

「志賀恭明にはストイックでクールっていう、強固なイメージがあるからね。ちょっとしたエピソードなら……たとえば意外に気さくだとか、普通だとか……そういうのならファンも喜ぶと思うんだけど、これは微妙……」

「森谷さんが、そういうこと気にするのって不思議」

「君、僕のこと誤解してない？」

面白くなさそうな顔をして、森谷は尚都を見据えると。不意ににやりと笑ってバッグに手を突っ込んだ。

なんだかとても嫌な予感がした。

「そういうこと言う子には……」

バッグから出した手にはファイルがあり、森谷はそれを開いて一枚の紙を摘《つま》み上げた。テーブルの上に、すっとそれが差し出されたとき、尚都は声にならない叫びを上げた。

それはあのとき――志賀と尚都がキスしているときの写真だった。

横顔だけでも尚都が蕩《とろ》けそうな顔をしているのはわかる。舌こそ入ってないが、誰が見ても挨拶《あいさつ》のキスだとは思うまい。

「どうだ、参ったか」

「な……なん……」

「よかったら記念に持っていけば。いくらでもあるから」

ふふん、と鼻で笑い、森谷は優位に立って尚都の様子を楽しんでいた。こんなものを始終持ち歩いているのか、今日は尚都が来ると知っていて用意したのかは不明だが、どちらにしても意地の悪いことだ。

押し黙っていた志賀は、相変わらず何も言わずに写真に手を伸ばした。

「いただきます」

「えっ……！」

「よく撮れてますしね」

「ほんとに君は、からかい甲斐《がい》ってものがないよね……」

大きな溜め息をつき、森谷は冷めたコーヒーを飲んだ。どうやら肝心の話は、まだ半分ほどしか予定を消化していないようだ。

何かと脱線しがちなインタビューはそれから小一時間ほども続き、ようやく解放されたときには、誰よりも尚都がぐったりと疲れてしまっていた。

伝票を手にし、森谷が機嫌良く帰っていった後も、尚都は無口なままだった。

「付き合わせて悪かった」

「ああ、うん。それはいいんだけど……」

「あの人も、お前が可愛くて仕方ないんだろうな」

「……あれで……？」

確かに悪意は感じないが、嬉しくもない。親愛の情を示してくれるなら、もっと別の形が欲しかった。

「出ようか」

「うん。あ……あのさ、今日はホテルでメシ食うのなし……じゃだめかな？　なんか、そんな気分じゃなくて……」

「そうだな。疲れさせたみたいだし、予定は変更しようか」

柔らかくそう言って、志賀は立ち上がった。もちろん手は放してくれたが、いざそうなると物足りない気分になってしまうから不思議なものだ。

ホテル内のデリでサンドイッチやサラダを買い、まっすぐに志賀のマンションへと車を走らせる。外は明るく、夜にはまだ遠そうだった。

「さっきのことなんだが……」

「ん？」

「森谷さんが言っていた、支えってやつだ」

「あ……うん……」

途端に尚都のテンションが下がってしまうのは、志賀だってわかっているはずだ。それをあえて持ち出したからには、それなりの理由があるはずだと思った。

だから視線は志賀の横顔に向けたままでいた。

「あれは本当のことだし、森谷さんにもはっきりそう言ってある」

「でも……」

「具体的に何をしたとか、何を言ったとか、そういうことじゃないんだ。あのとき慰められてたら、俺はきっとだめになっていたしな」

「俺は逃げたんだよ？」

「少し時間が必要だっただけだ。高校生のお前に、あのときの俺をなんとかしろというのは酷だったと思う」

何も言えなくなって、尚都は小さくかぶりを振った。運転している志賀には見えなかったかもしれないが、構わなかった。

あのときの負い目は、すべてが上手《うま》くいっている今でも消えてはくれない。普段は忘れていても、何かのきっかけで思い出してしまい、そのたびに気分を激しく落ち込ませてくれるのだ。

志賀が気にしていないのはわかっていたが、気持ちというものは難しかった。

「どうした？　お前らしくないぞ。考えなしで調子に乗りやすくて、凹《へこ》んでも素直に反省して立ち直るのが尚都だろう？」

「……なんか、それ……バカっぽい……」

「褒めてるんだ」

「どこがっ？」

「お前は素直だからな。羨《うらや》ましいくらいだ」

口元に浮かぶ微笑みに嘘はないだろうが、複雑な気分だった。尚都にしてみれば、もっと落ち着いた思慮深い性格がいいと思うからだ。だからそういう人から性格のことで褒められたりすると、どうにも据わりが悪くて仕方ない。

それをごまかすようにして尚都は早口で言った。

「なんか向こうの空、真っ黒だよ。雨降るのかな」

指さした方向には黒い雲で覆われた空がある。暑い日にはよくある天候の変化だ。

志賀は相槌を打つだけで話に乗ってはこなかったが、それをきっかけにして、先ほどまでの話題からは遠ざかることができた。

遠くから雷鳴が聞こえてくる。

強い雨が降れば、少しはこの暑さも和らぐかもしれないと、尚都はぼんやりと考えていた。

耳をつんざくような大きな音に、尚都は驚いて窓の外を見た。

光と音のタイミングは、それほどずれていなかったような気がする。外は真っ暗で、叩きつけるような雨が降っていた。

「今のは近くに落ちたかも」

窓から外を見る限り、特に変わった様子はなく、それに少しがっかりしながら手を窓ガラスに当てていると、不意に室内の明かりが消えてしまった。

「え……？」

停電か、と思って振り返ったが、ビデオのデジタル表示は見えているし、そもそも窓の外から見える家や外灯にも何も変わりがない。

どうやら志賀がスイッチを切っただけらしい。

「何してんの？」

「結構、きれいだぞ」

窓の外には、何もない。あるのは黒い雲をバックに走る稲妻だけだ。なんだか竜みたいだな、と漠然と思った。

「雷なんて、ちゃんと見るの初めてだ」

ぼんやりとしていると、いつの間にかすぐ後ろまで志賀が来ていた。体温さえ感じるほどの距離だった。

腕が回されて、背中から抱きしめられる。尚都はその腕にちょこんと手で触るようにして、じっとしていた。

互いに言葉はなく、聞こえるのは雷鳴と、雨の音ばかりだ。

こんなのも、たまには悪くない。少し効きすぎたエアコンのおかげで、くっついているのも気持ちいいし、何より二人きりでどこかに取り残されてしまったような錯覚が、密かに尚都の気分を盛り上げる。

好きで好きで、仕方ない。この気持ちをどうやって伝えたらいいのかは、今でもよくわからなかった。

やがて雨足は弱くなり、雷鳴は遠くなっていった。雲をバックに見えていた光すら、今はその厚い雲の中で光っているのが、ときどき見えるだけだ。

「ひゃっ……」

いきなりうなじに唇を押し当てられて、尚都は首を竦《すく》めた。そろそろ明かりを点《つ》けようと提案するために、口を開きかけた瞬間だった。

触れるだけかと思ったのに、志賀は前に回した手で、シャツの裾《すそ》から手を入れてくる。感じやすいところをいじられて、そこはたちまちぷっくりと尖っていった。

「ん……し、志賀さん、外から見え……」

言いかけて、尚都は言葉を呑み込んだ。室内は暗いから、外から見えるということはないと思い出したのだ。

「このまま、しようか」

「えっ……だ、だって……っ」

「誰も見てないさ。この間よりはマシだろう？」

「でも、あれはキスだし……あ、いや、キスもだめなんだけどっ」

尚都の中では、どちらも人前でするものじゃない、という点では同じだった。そう考えて、昼間のことを急に思い出した。

ちっとも止まる気配がない手を押さえつけると、今度は耳を噛《か》まれたが、その感触に耐えながら問いを向けた。

「あ、あのさ……昼間の写真、なんだけど……」

「どうかしたか？」

「もらって、どうすんの……？」

まさか人に見せる気ではないだろうが、飾っておいたりしたらどうしようと、尚都は冷や冷やしながら答えを待った。

答えが返ってくるまでには、少し時間があった。

「あれは、記念だ」

「記念？」

「再スタートを切れた日だからな。選手としても、恋人としても……。だから、忘れられない日なんだ」

「志賀さん……」

振り返ることなく尚都は小さく呟いた。志賀の腕に両手を添え、ぎゅっと強く力を込める。

二度と逃げたりしない。もしまた今回みたいなことがあったとしても、手を放すまいと思ったし、今度こそちゃんと支えたいと思った。

身体を預けると、志賀は止めていた動きを再開させた。耳を甘嚙《あまが》みしながら、尚都のジーンズのボタンを外して、手を入れてきた。

「ん……待っ……ぁ……！」

「気になるか？」

「う、うん」

尚都は頷《うなず》くと、志賀は長い腕を伸ばしてカーテンを引き寄せた。その間に、尚都は身体ごと振り向いて志賀を見つめる。

本当は場所も変えて欲しかったのだが、そこまで言うのは興醒《きょうざ》めな気がして黙っていた。

それに、ざわざわと騒ぐような感覚が奥底から這《は》い上がってきて、それを散らしてしまうのが惜しい気がする。

自然と唇を寄せ、深く結びあった。

シャツの中に入った手が胸の粒をいじり始め、尚都は目を閉じて、背中をカーテンに――つまり窓に預けた。

ぞろりと舌が耳に入ってきて、肌が粟立《あわだ》つのがわかった。

「ふ……っぁ……」

胸をいじりながら、志賀はもう一方の手を背中のほうからジーンズの中へ入れてくる。

いきなり一番奥を触られて、指先で揉《も》み込むように撫《な》でられる。幾度となくいじられ、愛撫《あいぶ》を許してきたそこは、震えながら志賀を待っていた。

いつの間にか濡《ぬ》らした指は、ゆっくりと尚都の中に入ってきた。

「んんっ……!」

顔を志賀の肩に押しつけ、両手でその胸に縋《すが》った。後ろを指でいじくられると、脚に力が入らなくなってしまう。

尚都は小さくかぶりを振った。

「嫌じゃないだろう?」

「あ……っ、ひぁ……ぅ、んっ……」

びくびくと志賀の腕の中で震え、尚都は甘い声で喘《あえ》いだ。自分から身体《からだ》を押しつけるようにしないと、ちゃんと立っていられない。

何度もこうして抱き合っているうちに、この身体は後ろをいじられるだけで感じる身体になってしまった。それだけでなく、最初の頃よりもずっと敏感になっているようで、同じようにされても感覚は鋭く強くなっている。だから余計に、泣かされる羽目になっているのだ。

耳を打つ淫猥《いんわい》な音に、乱れた息と声がまじりあう。

自然と腰が揺れてしまうのも、志賀に抱かれるうちに身体が覚え込んだことだ。

「後ろを向いて」

そっと引きはがされて、窓に向かわされる。縋るものがない不安さに、尚都は両手でカーテンを握りしめた。

ジーンズが下着ごと脱がされ、尚都は脱げかけたシャツだけの姿になる。その格好が、どれだけ志賀の欲望を煽《あお》っているのかは、当の本人が知るはずもなかった。

「ああっ……！」

指で後ろをぐちゃぐちゃにされ、尚都は背を弓なりに反らせた。

身体が熱くて熱くて、たまらない。疼《うず》くそこは、もっと深く、激しいものが欲しいと訴えてきて、どうしようもなくなっていた。

「は……やく……っ」

「ずいぶん気が早いな」

「い、い……からっ、志賀さん……が、欲し……」

懇願を舌に乗せれば、返事の代わりだとでもいうように、うなじに優しくキスされた。

ことさらゆっくりと指が引き抜かれ、熱く硬いものが押し当てられる。息を吐きながら、それが入ってくるのを感じた。

じりじりと、身体が開かされていく。この感覚にはもう慣れて、どうすれば楽に受け入れられるか、理屈ではなく覚えてしまった。

「はっ……あ、あぁ……」

「大丈夫か……?」

少し掠《かす》れた志賀の声が、たまらなく官能的だ。艶《つや》めいていて、それだけで尚都はぞくぞくと身体を震わせてしまう。

最後まで入ったことを確認させるように、志賀はぐっと尚都の腰を引き寄せた。

「んっ、ぁ……」

耳を噛まれると同時に、胸もいじられる。反射的に志賀をぎゅっと締めつけると、その反応によって、中に入っているものが質量を増すのがはっきりわかった。

自分の中が志賀でいっぱいになる。身体も心も、満たされていく。

志賀の手が尚都の腰を摑《つか》んで、ゆっくりと動き出した。こんなところで、しかも立ったま

まなんて初めてのことだったが、何もかも今さらだ。それに、突かれて快感を得るということ自体は、まったく変わらない。

慣れた身体は、快楽を拾うことも以前より得意になってしまって、尚都はすぐに濡れた声を上げ始めた。

「きつくないか……？」

「う、ん……気持ち、い……い……」

問われるまま、譫言《うわごと》のように陶然と答え、尚都は溶けそうな快楽に身を任せた。

志賀のものが引き出されていく感覚に総毛立ち、深く突き上げられると今度は全身を快感が駆け抜ける。

酔っていられたのは最初のうちだけで、そのうちに、どうしようもなくガグガクと脚が震え、カーテンに縋って立っているのがやっとになってしまう。

次第に声も、せっぱ詰まったものになっていた。

指先で布地を摑み、背中を仰《の》け反《ぞ》らせて甘い悲鳴を上げる。

「やっ、そこ……だ……めっ……！」

「何が……だめ、なんだ？」

からかうような志賀の言葉にも、ただかぶりを振ることしかできない。

こんなとき、この男は少し意地悪だ。わかっているのに、そうじゃない振りをして、尚都を泣かせようとする。

懇願を含ませて名を呼ぶと、背中からきつく抱きしめられた。そうしてゆっくりと膝を床につく形に持っていかれた。

「あっ、ん……！」

穿《うが》たれるうちに、ずるずると指先がカーテンから滑り落ちていき、結局は床に手をつく四《よ》つん這《ば》いの格好になった。

肩にキスされて、深く貫かれたまま中をかき回される。

「ひぁ……っ、あ……やっ、もう……イ、クッ……」

尚都はびくっと大きく身体を震わせ、絶頂感に悲鳴を上げた。甘く霞《かす》んだ思考とは裏腹に、中に出される志賀の欲望だけが、やけにはっきりと感じられた。

鏡を前にして、尚都は大きな溜め息をついた。

「アヤシイ……」

映り込んでいる自分の姿は、どう好意的に見たって変だった。

つばのあるキャップに、白いマスク、そして真っ黒の安いサングラス。思いついた「変装」を迷わず形にしてみたら、滑稽《こっけい》なことになってしまった。

「ねぇ……それって、新しい遊び？」

「っ……」

息を呑んで振り返ったら、ドアのところに美加子と徹が呆《あき》れ顔で立っていた。

「ノックしたんだけど、返事がないんだもん」

「な、なんだよっ……」

「それはこっちのセリフだ。何やってんだよ、お前」

溜め息まじりに呟いて、徹は部屋に入ってくる。遠慮なくベッドに腰掛けて、まじまじと尚都を見つめる目は、とても胡乱《うろん》だった。

「可哀想な子、見るような顔すんなよ……っ」

「いや、だって可哀想な感じがするし。なぁ？」

「まぁねー。たぶん、変装してるつもりなんだと思うのよね。でも、今どきそんなベタな変装するやつがいるなんて思わなかったわ……。ありえないから、それ。外歩いたら、職質されるわよ」

美加子は腰に両手を当てて、芝居がかった様子でかぶりを振った。

「うー……」

ぐうの音も出ないとはこのことだ。ヤバい、という自覚はあったところに、だめ押しを食らった気分だった。

「やっぱ……だめだよな」

マスク越しの少しくぐもった声に、美加子は大きく頷いた。

「だめ。かなり、だめ。相当だめ。余計目立つわよ。ほら、いつまでも愉快な格好してるんじゃないの。早く取って」

「……はい」

言われるままマスクとサングラスを外し、キャップを取ると、美加子は満足そうに大きく頷いた。

「よし、可愛い。いつもの尚都くんだ」

にっこりと笑って彼女はキャップを取り上げると、それを元のように尚都に被らせた。ほんの少し、目深にだ。

きょとんとして、尚都は美加子を見つめた。

「キャップはOK。サーキットなら、被ってる人も大勢いるわ」

「美加さん……」

「最終戦、行きたいんでしょ？　そのための変装なのよね？」

「なんで、それ……」

「そんなの見たらすぐわかるわよ。ね？」

美加子が同意を求めると、徹は黙って大きく頷いた。

完全に見透かされていることに驚きながら、尚都は言い訳のように言った。

「志賀さんが……来て欲しいって。最近、あんまり言わなくなってたんだけど、この間ぽつんって言ってさ……」

おそらく今までは故意に黙っていてくれたことも、本当は心底、尚都の応援を求めていることもわかっていた。

あれから半年ほど経《た》った、というのも背中を押した理由の一つではあるが、やはり志賀の希望を叶《かな》えたいという思いと、何よりも大好きな志賀恭明の走る姿をこの目で見たい、という尚都自身の望みが強かった。

こんなに長くサーキットへ行かなかったのは、初めてだったのだ。

「ようやく覚悟決めたか。まったく、ぐずぐずしやがって」

「だって……」

言いよどむ尚都に、美加子は自分のバッグから取り出した薄い黄色のサングラスをかけさせて、大きく頷いた。

「これで充分。目立たないのが一番よ。尚都くんは可愛い顔してるから、それ隠しちゃえばいいの」

「これでわかんない……？」

「はっきり顔を覚えてる人なんて、そんなにいないから大丈夫よ。志賀さんと一緒にいたらバレちゃうだろうけど、その予定はないんでしょ？」

「うん」

「あたしも一緒に行ったげるから」

ぽん、と腕のところを叩かれて、尚都は小さく頷いた。

その日は秋晴れの、少し暖かい爽やかな日だった。

緊張しながら出向いた尚都だったが、足を踏み入れて一時間も経つ頃には、すっかり肩から力を抜くことができた。今も大勢の観客たちにまぎれて、美加子と一緒にスタンド席に座っている。

誰もこちらに注目はしていなかった。美加子はいつもよりずっと地味な格好で、長い髪も後ろに一つで縛って、キャップを被っている。きれいな顔がよく見えないのは残念だが、目立つことを避けようと思ったら仕方ないことだ。

それに客は皆、これから始まるレースに注意を奪われている。特に、復活した志賀恭明が初タイトルを得る瞬間を観《み》ようと、沸き上がっている感じだった。

「本当に行かないのね」

「行かないよ。ちゃんと、そう言ってあるし」

電話で話したとき、志賀は冗談めかして、パドックまで来てくれないのか、と尋ねてきたが、最初から応じないことはわかっていたはずだった。

「ま、ここまで来たってだけで嬉しいんでしょうし」

「うん」

「あっさり認めるわね。わかってるなら、もっと早く来てあげたらよかったのに」

「……うん」

ちらりと周囲を見回し、尚都はまた正面を見つめた。

志賀を応援しているファンは、結構いる。女性も多いが、彼の走りが好きだという、以前の尚都のような男性ファンも大勢いて、しきりに志賀の名前が聞こえてくる状態だ。

こんなに多くの人に応援されているのに、志賀は尚都にもいて欲しいという。誰より尚都に見ていて欲しいと望む思いに、本当だったらもっと早く応えるべきだった。

「あー、なんかドキドキしてきた」

「俺も」

タイムスケジュールは順調に消化されていっている。もうすぐ、志賀を含む二五〇の選手たちが現れるはずだ。

ピットはわかっているから、尚都はじっとそちらを見ていた。

いま座っているのは、スタンド席の中ほどで、ピットまではかなりの距離がある。おまけにこちらは大勢の中にまぎれているから、志賀が気付くことはないだろうが、彼は尚都が見ていることを意識しながら走るはずだった。

「あ……来た」

「双眼鏡あるけど、いる？」

尚都はかぶりを振りながらも、目は志賀から離さなかった。顔がはっきり見えるわけではなく、レーシングスーツとシルエットから志賀だとわかるだけなのだが、なんとなく肉眼で彼を見ていたいと思った。

彼がマシンを駆って出ていくとき、一瞬、こちらを見たような気がした。もちろんそのときはヘルメットを被っていたから、顔が見えるわけではなかったが、首がそう動いたように見えたのだ。

もちろん偶然の可能性のほうが高い。あんな遠くから、大勢の中の一人を瞬時に見付けることなんて、どう考えたって無理だ。

けれどもその考えは、数分後に覆されることになった。

ポールポジションでマシンに跨《またが》ったまま、志賀は選手紹介を受ける。紹介が下位の選手に移っていき、カメラや人の目が離れていったとき、確かに志賀はヘルメットのシールドを上げてこちらを見たのだ。それだけでなく、グローブをはめた指先――立てた親指の先で、トントンと自分の胸を叩いて合図を送ってきた。

「……ねぇ、あれって……わかってるのよね？」

「そうみたい……」

「尚都くんサーチャーがついてるのね」

美加子は感心した様子で呟いて、じっと志賀を見つめている。今日の彼女は、自分のご贔《ひい》屓《き》選手より志賀を応援することにしたらしい。

間もなくレースが始まる。

だんだん緊張してきて、尚都は極端に口数が減っていた。

「ほんとにいたよ」

上から声が降ってきて、思わずはっと顔を上げた。するとそこには、呆れたような、それでいて感心したような顔で見下ろす森谷がいた。

彼は空いている場所に断りもなく座り、それから美加子に軽く挨拶すると、尚都を――相変わらずキャップを目深に被り、薄い色のサングラスをかけているという格好を、まじまじと見つめた。

「よくわかったもんだよね。一体どういう目をしてるんだか」

「……志賀さんに聞いてきたんですか？」

尚都は小声でそう尋ねた。口振りから察すると、そういうことになる。

森谷はカメラも持っていないし、プレスパスも見えるところにはつけていない。ただの観客といった風情だった。

「お使いを頼まれてね。はい、これ」

渡されたのは、見覚えのあるキーホルダーだ。そこには志賀のマンションのキーや、車のキーがついている。

「君に渡してくれって。レース終わったら、車で待ってろってさ。ちなみに場所は、このへんだって」

森谷はそう言いながら、メモ書きされた簡易地図を差し出してきた。

「あ……ありがと」

「どういたしまして。じゃ、またね。今日はこれから特に忙しいんだ」

「そうなんですか？」

立ち上がりかけた森谷に何気なく尋ねると、彼はにやりと口の端を上げた。

「当然だろ？　志賀くんが、チャンプになるんだからさ」

小声で言ってウインクまでして、森谷は軽快な足取りで階段を上がっていった。彼もまた、今日の結果を疑っていない一人なのだ。

もちろん尚都もそうだった。

自然に膝の上で手を組み、ただ一人の姿を目で追いかける。早くそのときが来て欲しいような、あるいはその過程をずっと見ていたいような、ひどく複雑な心境だった。


静かな車内で志賀を待ち、もうどのくらいが経つだろうか。

とっくに日は落ちて、外はもう薄暗くなり、視界もだんだんと利かなくなってきていた。

走る車も、ライトをつけている。スモークを貼《は》った車内に人がいることは、外からではわからないだろう。

助手席にいるよりはと、尚都は後部シートに座っていた。

「はー……」

もうずいぶんと待っているが、その時間は少しも苦にならなかった。自然と顔が綻《ほころ》んできて、尚都は慌てて表情を引き締めなくてはいけないくらいだ。

早く早く、志賀に会いたい。会って、言いたいことがたくさんある。

あの瞬間——志賀が誰よりも早くコントロールラインを通過したとき、尚都は全身に鳥肌が立つのがわかった。奥底から突き上げてくるようなあれは、どこか抱かれているときの感覚にも似ていた。

思い出したらまたじわじわと感激が蘇《よみがえ》ってきて、尚都はじっとしていられない身体をシートに横たえた。

気がつくと笑ってしまっている。誰も見ていないからいいが、さぞかし気持ち悪い光景だろうと、ほんの少し冷静な部分で少しだけ考えた。

（カッコよかったなぁ……）

白熱のレース展開に、劇的な幕切れ。あれを演じた男は、尚都の恋人なのだ。周囲の歓声を耳にしながら、あのときばかりは、あれは自分のものなのだと大声で叫びたくなった。

「凄いだろ……あれが、俺の志賀恭明だぞ」

今頃こっそりと、こんなところで口にしてみたが、意外なことにそれで充分に満足できてしまった。

一人でへらへらと笑っていると、いきなりコツンと窓ガラスを叩かれた。

「あっ……」

慌てて起きあがり、そこに志賀の姿を確認してロックを外す。横になって下を向いていたから、近づいてきていたことにまったく気付かなかったのだ。

「遅くなって悪かったな。で、なんで後ろなんだ？」

「え……なんとなく……前、行ったほうがいい？」

「ここを離れてからな。人に見られるのは嫌だろう？」

尋ねる口調でありながらそれは断定で、志賀はすぐにエンジンを掛けると、車をゆっくりと動かし始めた。

「もう、用事全部済んだのか？」

「ああ」

「祝賀会とかは？」

「それは日を改めてやる」

そんなものか、と納得しそうになり、もしかしたら志賀の希望でそうなったのかな、ともちらっと思った。

尚都はサーキットを離れるまではおとなしく後ろで小さくなっていたが、一般道に出て少し走ってから志賀が車を路肩に止めると、急いで助手席へと移動した。

先ほどまでよりも、志賀の顔がよく見える。ただし今は、外灯が近くにあるおかげだったが。

ギアを入れ替えようとする志賀の手に、尚都は自分の手を重ねた。誰も見ていない車内だからこそできることだった。

志賀は少し驚いたような顔で尚都を見る。

「あのさ、おめでと」

「ありがとう」

「なんか……いろいろ言おうとしてたんだけど……」

いざとなったら、言葉が絡まって出てこない。レース中のことで、あれこれ感想を言おうとしていたのに。そして優勝してチャンピオンが決まったとき、どれだけ自分が嬉しかったか、どれだけ叫びたかったかを、伝えようと思っていたのに。

胸がいっぱい、というのは、こういうことをいうのだ。

「今日は尚都が応援してくれたから、特に気合いが入った」

「う、うん……。なんか、面と向かって言われると、ちょっと恥ずかしいよな」

「事実だからな。見てくれてるのがわかると、気持ちが違うんだ」

「あ……そ、そうだ。あのさ、俺のこと、いつ見つけたか聞こうと思ってたんだ。いつ？」

話を逸《そ》らすようにして尚都は尋ねた。実際、照れくさくて早く別の話題にしてしまいたかったのだ。

志賀はハンドルから手を離し、尚都の頬に伸ばしながら平然と答えた。

「コースに出ていく直前」

「でも探してる時間なんか、なかったじゃん」

「充分だったぞ。マシンに乗るときに、さっと見て……すぐに見つけた」

「マジ……？」

それが本当なら、さっと一瞥《いちべつ》して瞬時に尚都を見付けた、ということになる。だが志賀はこんなうそをつく男ではないから、真実なのだろう。

溜め息しか出なかった。

「志賀さんて、いろいろ凄いな」

「尚都専用だ」

「またそういうこと言うしっ」

顔が赤くなっているのが尚都には、はっきりとわかった。尚都の位置に明かりは届いていないが、志賀も気付いているだろう。

外灯に照らし出されている顔は、確かに笑みを浮かべていた。

どんなときに、どんな角度から見ても、いい男なんだなと思う。もちろん一番は、マシンを駆って走っているときだ。

じっと彼を見つめて、尚都は去年の今頃のことを考えた。

つらくて苦しくて、自分の無力さへのやるせなさと、どこにぶつけていいのかわからない憤りで、どうにもならなかった。今、こんなふうに笑って志賀と話せている状況は、夢のようだった。

一年遅れて、ようやく手に入るべきものは手に入った。尚都もようやく、もやもやとした部分にふんぎりをつけることができた。

心の一部に詰まっていたものはどこかへ行ってしまい、代わりに志賀への思いが新たにその部分を占めた気がした。

「きっと俺、今日は興奮して眠れないよ」

今だって神経が高ぶっているのがわかるのだ。これが収まるには、もう少し時間が掛かりそうだ。

ふっと息をつく尚都の耳に、笑みを含んだ志賀の声がした。

「ちょうどいいな」

「何が？」

「どっちみち、寝かさないつもりだったからな」

「あ……」

どきっ、と心臓が跳ねて、尚都はうろたえてしまう。落ち着かないこの気分は、夜のことを考えてしまったせいもあるが、それだけではなかった。志賀が欲しがってくれているということが、嬉しくてたまらない。

盗むように志賀を見ると、端整なその顔には、艶めいた笑みが浮かんでいた。

身体の奥底が、ざわざわと騒いだ。

こんな顔を見せる志賀は、尚都だけのものだ。ここにいるのは、志賀恭明という名の、尚都の恋人なのだ。

語りたいことはたくさんあったけれども、今日は言葉よりも、もっと与えたいものがあったし、欲しいものがあった。

「……いいよ」

車の音に掻《か》き消されそうなほど小さな声で、尚都はぽつりと呟いた。

志賀の手が包むように尚都の手に重ねられ、そっと握りしめてきた。それが合図であるかのように、互いに少しずつ、ゆっくりと近づいていく。

唇は言葉よりも雄弁に、想いを伝えた。

あとがき

こんにちは。きたざわです。ええと、これはデビュー作です。今より私が十一歳ほど若いときに、「しょ、商業誌だ。どうしよう」と、ドキドキしながら書いたものです。

いやもう、手直しをするにあたって、何度、目が泳いだことか。とりあえず、一応は成長していたということでしょうか……。というわけで、以前より読みやすくなっている……のではないかと思います。あえて手直しをしなかった一番大きなものは、世界観です。これはもう、当時のままにしないと、もう収拾がつかなくなってしまうというか、レギュレーションどころの騒ぎではないくらい、あの世界は変わってしまいましたので。そのままの時代背景なので、携帯電話もないわけですね（笑）。

そんなわけで、私の原点（なのかな……？）を、お楽しみくだされば と思います。

そして、麻々原絵里依様の美麗なイラストもお楽しみください。すっごく格好いい志賀と、きゅってしたくなる可愛さの尚都を見ていると、自然と顔が笑み崩れてきます。彼らを見守る二人も最高〜っ。表紙も格好良くて、かつ綺麗！　本当にありがとうございました。

そして、ここまで読んでくださった方、ありがとうございました。ここから読んでいる方、書き下ろしもありますので、よろしくお願いいたします。

きたざわ尋子

✦初出　昼も夜も……………FUDGEノベルズ「昼も夜も」（1994年12月刊）を
加筆修正
心でも身体でも……書き下ろし

きたざわ尋子先生、麻々原絵里依先生へのお便り、本作品に関するご意見、ご感想などは、
〒151-0051 東京都渋谷区千駄ヶ谷4-9-7
幻冬舎コミックス　ルチル文庫「昼も夜も」係
メールでお寄せいただく場合は、comics@gentosha.co.jp まで。

幻冬舎ルチル文庫

昼も夜も

2005年7月20日　第1刷発行

✦著者	きたざわ尋子　きたざわ じんこ
✦発行人	伊藤嘉彦
✦発行元	株式会社 幻冬舎コミックス 〒151-0051 東京都渋谷区千駄ヶ谷4-9-7 電話 03(5411)6431[編集]
✦発売元	株式会社 幻冬舎 〒151-0051 東京都渋谷区千駄ヶ谷4-9-7 電話 03(5411)6222[営業] 振替 00120-8-767643
✦印刷・製本所	中央精版印刷株式会社

✦検印廃止

ISBN4-344-80605-0　C0193　Printed in Japan